Einaudi. Stile Libero Big

Dello stesso autore nel catalogo Einaudi

Teneri assassini
Romanzo criminale
Nero come il cuore
Nelle mani giuste
Onora il padre
Il padre e lo straniero
La forma della paura (con M. Rafele)
I Traditori
Giudici (con A. Camilleri e C. Lucarelli)
Io sono il Libanese
Cocaina (con M. Carlotto e G. Carofiglio)
Giochi criminali (con M. de Giovanni, D. De Silva e C. Lucarelli)
Nell'ombra e nella luce
Suburra (con C. Bonini)
La notte di Roma (con C. Bonini)
L'agente del caos
Io sono il castigo
Tre passi per un delitto (con C. Cassar Scalia e M. de Giovanni)
Un cuore sleale

Giancarlo De Cataldo

Il suo freddo pianto

Einaudi

www.einaudi.it

ISBN 978-88-06-24941-0

Il suo freddo pianto

I.

Quando il presidente della sesta sezione del tribunale gli dette la parola, Manrico Spinori della Rocca, pubblico ministero in Roma, si alzò e, prima di pronunciare la requisitoria, si soffermò sugli imputati, seduti accanto al loro avvocato, con sei nerboruti agenti della polizia penitenziaria piazzati a gambe larghe e braccia conserte alle loro spalle. Lei doveva essere stata una bellezza, prima che la coca iniziasse la sua opera devastatrice. Il basista era un bellimbusto dall'aria stolida: lí la coca doveva aver già fatto strage di neuroni. Quanto al terzo, aveva rinunciato a comparire. Tossici e rapinatori. Una delle tante storiacce di cocaina, neanche fra le piú turpi, per una grande città come Roma. Il caso era elementare.

Manrico si schiarí la voce, osservò che i fatti erano chiaramente provati e chiese condanne miti, poi tornò a sedersi, in attesa dell'arringa. Aveva sperato che la richiesta di una pena ragionevole inducesse il difensore degli imputati a una maggiore sobrietà espositiva. Speranza vana. Un'ora dopo l'avvocato Raffuciello non aveva ancora esaurito gli argomenti a sostegno di una tesi difensiva che, facendosi beffe della realtà, puntava all'assoluzione piena. Era il primo lunedí di gennaio. Il peso del ritorno al lavoro si avvertiva nell'aria estenuata degli avvocati che presidiavano i banchi in attesa del proprio turno, nelle palpebre pesanti del cancelliere, negli sguardi di odio dei tre giudici che non avevano nessuno strumento per porre freno alla logorrea dello scatenato Raffuciello. Manrico sospirò. La giornata si profilava complicata. Erano le undici passate e stavano trattando il terzo dei dodici processi in calendario. Di questo passo si sarebbe fatta notte. Con un cenno Manrico chiese il permesso di allontanarsi al presidente, che lo concesse con un lampo d'invidia nello sguardo: beato te che puoi almeno sgranchirti le gambe. Nel corridoio illuminato dal freddo neon ministeriale chiamò Camillo: il fedele maggiordomo e sua madre sarebbero rientrati quel pomeriggio da Cortina.

– Signor contino.

– Tutto bene? Siete già in aeroporto? Senti, non potrò venire a prendervi. Udienza impossibile. Mandami un sms quando siete a Fiumicino. Vi mando un taxi con l'app.

Seguí un breve silenzio che Manrico, conoscendo a fondo il suo interlocutore, attribuí subito a imbarazzo. Cosa aveva combinato questa volta la sua impossibile genitrice?

– Camillo, che è successo?

– Per la verità, signor contino...

– Vieni al dunque, per favore.

– Abbiamo perso l'aereo.

– Camillo!

– Ma nessun problema, – si affrettò il maggiordomo, – abbiamo noleggiato un Ncc e siamo già sulla strada.

– Un Ncc! Da Cortina! Ma...

Un rumore confuso, e la voce di sua madre che si sostituiva a quella del domestico.

– Hai ragione, l'Ncc è un'imperdonabile caduta di stile. Infatti avevo pensato a un elicottero. Poi Camillo mi ha convinto a desistere. Pare che sia un mezzo di trasporto molto pericoloso. E io ci tengo troppo a rivedere il mio unico, amatissimo figlio...

Manrico simulò un deficit di linea; per evitare ulteriori complicazioni mandò un sms a Sandra Vitale: «Spengo apparecchio. Per comunicazioni mi trovate alla sesta penale» e rientrò in aula. L'avvocato Raffuciello era ancora impegnato nella sua maratona oratoria.

Quanto sarebbe costato un Ncc da Cortina a Roma? Manrico non era mai stato avaro. Semmai, il contrario. Ma niente riusciva a eguagliare il talento per la dissipazione di sua madre, la contessa Elena. Che in meno di una generazione si era giocata il patrimonio accuratamente accumulato in secoli di ruberie dalla sua altolocata schiatta. Ludopatia diagnosticata. Controlli asfissianti e il buon genio di Camillo costantemente all'erta per evitare disastri. Occhi perennemente puntati sugli esecrabili estratti conto. La casa in cui vivevano, per dire, palazzo Van Winckel, nel cuore di via Giulia: ceduta a un fondo svizzero. In nome della trascorsa bellezza di Elena e di un amore impossibile, l'amministratore del fondo suddetto le aveva concesso un usufrutto a vita. Un brutto giorno Manrico Leopoldo Costante Severo Fruttuoso Spinori della Rocca dei conti di Albis e Santa Gioconda si sarebbe potuto ritrovare a vagare per le strade della capitale in cerca di un'ordinaria dimora borghese. Il che, tutto sommato, poteva anche essere cosa buona e giusta.

– Signor presidente, signori giudici, io ho terminato, vi ringrazio per l'attenzione e mi scuso se ho abusato della vostra pazienza...

Un fremito di sollievo percorse l'aula. Prima ancora che Raffuciello ultimasse i saluti, i giudici schizzarono lesti in camera di consiglio, temendo forse che il leguleio riprendesse la parola.

Manrico depose la toga sulla seggiola del Pm, indossò il giaccone e uscí all'aperto. Giornata fredda, ventosa, triste. Gruppuscoli di addetti ai lavori sostavano fumando sotto la statua di Mercurio, messaggero degli dèi, protettore, per inciso, pure dei ladri, dunque di casa in quei luoghi. Un tempo inclemente, depressivo, alquanto intonato al suo umore degli ultimi giorni. Le vacanze appena trascorse avevano segnato per Manrico un nuovo successo professionale. Con l'aiuto della sua fidata squadra, e nell'ostilità generale, era venuto a capo di un delicato caso di omicidio. Avrebbe avuto piú di un motivo per sentirsi all'apice dell'appagamento. Eppure, una sottile malinconia strisciava dentro di lui...

– Dottor Spinori, è appena arrivata questa.

Il tocco leggero di Sandra Vitale lo fece sobbalzare, immerso com'era nei suoi pensieri. Salutò con un sorriso affettuoso la sua storica collaboratrice. Non si vedevano da prima di Natale. Qualche giorno prima della sacra ricorrenza, Sandra aveva beccato il marito in flagrante adulterio. La coppia, che sembrava solidissima, si era sfaldata. Sandra era andata letteralmente in pezzi. Aveva piantato casa e si era ritirata in Abruzzo. I figli invocavano l'unità perduta della famiglia e rischiavano di voltare le spalle alla madre. Sandra era tornata a Roma, in Abruzzo c'era finito il marito. L'uomo stava nel frattempo cercando un faticoso recupero. Rispetto ai primi giorni, lei pareva meno affranta. Ma il suo volto scavato recava ancora le tracce della recente sofferenza. Manrico aprí la busta gialla, con la scritta «riservato» a penna.

Al dr Giuseppe Blumenstein, riservata personale.

Si informa la SV che nel corso del colloquio investigativo del 27 dicembre u.s., nel quadro delle indagini relative al procedimento nr. 5767 RGPM a carico di MANCINI GIUSEPPE, imputato ex artt. 73-74-80 co. 2 DPR 309/90, il predetto rendeva dichiarazioni afferenti all'omicidio di tale LO MORO FRANCESCO, commesso in Roma il 27 agosto 2009. Lo scrivente ha accertato che all'epoca a occuparsi del caso fu il Pm dr MANRICO SPINORI. Lo scrivente rappresenta alla SV l'opportunità di trasmettere la presente nota al dr Spinori: come accaduto in casi analoghi, il Pm a suo tempo titolare dell'indagine potrebbe essere interessato ad ascoltare il Mancini. Tanto si riporta alla SV. Con ossequio.

Isp. sup. Menerello Luca

Caro Manrico, ho pensato che la cosa possa interessarti. Se vuoi ne parliamo a voce. Un caro saluto.

Pino Blumenstein
Tel. 347-7777669

Manrico si rigirò il biglietto fra le mani, perplesso.

– Notizie importanti? – chiese la poliziotta.

– Non glielo so dire. Un collega mi avvisa che forse dovrei parlare con un tizio di un omicidio avvenuto dieci anni fa. Solo che io non ne ricordo nulla...

Echeggiò un tuono lontano, seguito da una folata di vento sostenuto. Sulla soglia della palazzina A si affacciò il cancelliere, e prese a richiamare a gesti Manrico.

– Faccia una cosa, Sandra. Chieda a Gavina di preparare una ricerca su questo... Lo Moro.

– Gavina e Deborah rientrano domani, dottore. Posso occuparmene io.

– Grazie. E cerchiamo di capire se c'è stato un processo, condanne... Ora devo andare. Ci vediamo dopo.

– Va bene, dottore.

Lo Moro... Lo Moro... Perdeva colpi. Eppure la sua memoria non faceva quasi mai cilecca. Ma questo Lo Moro... Il collegio era già rientrato. Aspettavano lui, in piedi, il presidente e i due a latere. Manrico si scusò. Il presidente lesse il verdetto con un certo compiacimento: colpevoli, e questo era scontato, e pena aumentata di un anno rispetto alle richieste del Pm. E questo era meno scontato: ma forse sulla severità dei giudici aveva inciso la prolissità del difensore...

L'udienza riprese e si trascinò stancamente, fra un piccolo spaccio e un incomprensibile abuso d'ufficio, sino alle due. Il presidente sospese per una breve pausa pranzo. Manrico se la cavò con un panino al prosciutto e un'acqua naturale. Il suo ufficio era deserto. Si rammentò di accendere il cellulare. Messaggio della Vitale: il fascicolo Lo Moro doveva trovarsi in archivio, era scesa a controllare. Non aveva avuto tempo di assumere notizie in rete. Messaggio vocale di sua madre, che da quando aveva scoperto questa funzione si divertiva un mondo a sfruttarla: «Non preoccuparti per la cena. Ho ordinato un catering da *Riccioli*. Ostriche, tanto siamo quasi a febbraio, e linguine all'astice».

I casi erano due: o la contessa era sfuggita alla sorveglianza di Camillo, o aveva sbancato il casinò.

Cercò di mettersi in contatto con il collega Blumenstein. Telefono spento. Gli mandò un sms, pregandolo di chiamarlo a sua volta. L'udienza riprese. Due processi saltarono causa certificato medico di imputato e difensore. Seguí un caso di maltrattamenti in famiglia fra gente della buona società: sfondo in apparenza drammatico, come sempre nelle questioni di famiglia che approdano in un'aula di giustizia, ma componente principale la commedia. Un burbero maschio alfa, bazzotto e sovrappeso, si era esercitato a coprire di contumelie la consorte – rentier lui, lei solo piú giovane – la quale lo aveva ricambiato complottando con l'amante per ridurlo sul lastrico. Le reciproche chat offrivano squarci illuminanti sulla natura umana.

Fu soltanto dopo il tramonto che Manrico poté recuperare la libertà. Le avvisaglie di maltempo si erano tradotte in una di quelle piogge insistenti e perniciose che mettono a dura prova l'amore dei romani per la loro città. Blumenstein continuava a risultare non raggiungibile. Sandra Vitale aveva optato anche lei per un messaggio vocale: «Dottore, mi scusi. In archivio mi hanno detto che non potranno consegnare il fascicolo prima di domani mattina. È uno di quelli non ancora digitalizzati, possiedono solo il cartaceo. Poi volevo chiederle se quella ricerca posso farla piú tardi, ci sono un po' di cose a casa che...»

Rispose sollecito che era tutto a posto, a domani.

E alla fine, appena il flusso delle acque celesti si ridimensionò, decise di tornarsene a piedi. L'amore dei romani è piú forte del maltempo, e dopotutto Roma è cosí bella anche quando piove!

Elena e Camillo erano già rientrati. La contessa era raggiante. Il viaggio a Cortina era stato il regalo di Natale di Manrico. Era come se le avessero tolto dieci anni dalle spalle. A tratti, nel suo volto pure invecchiato, risplendevano tracce di quella bellezza che l'aveva resa leggendaria. Camillo, armato di parannanza, coltello in corno e guanto in maglia di acciaio, si dedicava alle ostriche.

– In freezer abbiamo una bottiglia di Fidèle, signor contino. So che apprezza quell'etichetta...

Madre e figlio si abbracciarono. Elena prese Manrico per mano e lo condusse nel grande salone dove un tempo si erano tenute serate musicali, e dove faceva bella mostra di sé un prestigioso Steinway a coda: beninteso, di proprietà anch'esso del fondo svizzero.

– Noti niente, mio caro?

Manrico odiava quel tipo di domanda a trabocchetto. Costringeva a fingere di abboccare per compiacere l'interlocutore e in piú presumeva un particolare spirito di osservazione di cui lui era sprovvisto.

– No, mamma.

– Guardati intorno.

– Lo sto facendo. Ma non noto niente che…

– Caro, sforzati. Se non altro per accontentare la tua anziana madre…

Manrico percorse e ripercorse con lo sguardo la stanza. La libreria rigidamente divisa in due settori, classici imperdibili da una parte, l'effimero dall'altro (i settori, in realtà, si mescolavano secondo i variabili umori della contessa madre): a posto. I divani e le poltrone Frau, la chaise-longue, il tavolo alabastrino, le sedie Thonet e i tappeti, lo Shiraz e il Qum, il Balla e il Sironi, il tavolino di Yves Klein… tutto al suo posto.

– Ma insomma, – sbottò infine la contessa, – sotto la vetrata liberty, alla tua sinistra, guarda, Camillo ha persino acceso il faretto!

E finalmente lo vide.

Geacolor. Il vaso realizzato da Venini su disegno di Gae Aulenti. Memoria di salotti milanesi dei bei tempi andati. Quando grandi intellettuali e principi della mondanità avevano corteggiato la bella Elena. Manrico scosse la testa, ammirato e preoccupato. Quella vitrea meraviglia che aveva il potere di catturare le piú misteriose vibrazioni della luce, frantumarne e ricomporne le rifrazioni rimandandole all'occhio come la sintesi mirabile di un pulviscolo naturale filtrato dal genio umano. Un arcobaleno in miniatura, simile al gatto quando lo si definisce tigre in scala ridotta donata agli umani perché possano godere del privilegio di assistere ai suoi giochi bizzarri e imprevedibili…

Ma il vaso – se «vaso» poteva cosí riduttivamente chiamarsi quell'opera d'arte – il vaso era stato impegnato in occasione di uno dei tanti rovesci finanziari della ludopatica…

– Be'? L'ho riscattato, figlio! – trionfò la contessa.

– La signora contessa ha goduto di una significativa, costante serie di vincite…

Camillo si era materializzato alle spalle di lei. Le ostriche aperte luccicavano sul vassoio di Sheffield.

– Come dicono gli americani, *my little winning streak*… – approvò Elena.

Manrico avvertí un immenso moto di affetto per l'indistruttibile distruttrice. Prese a canticchiare «brava la vecchia, brava la vecchia», poi le cinse la vita e accennò qualche passo di danza. Lei finse di ritrarsi con un sorriso sdegnoso. Assestava al figlio piccoli colpi sul petto coi pugni chiusi. Lo chiamava «screanzato, mascalzone».

Camillo stappò lo champagne.

Un paio d'ore dopo, ebbro, Manrico si ritrovò davanti alla collezione dei vinili, incerto su quale opera scegliere per congedarsi da quella giornata che gli aveva regalato molto spleen, ma anche qualche momento esaltante. Sua madre si era ritirata, stanca, orgogliosa. A cena gli aveva raccontato, sotto lo sguardo ammirato di Camillo, quanto era stato semplice ripulire le vecchie galline della buona società convenuta a Cortina per le vacanze. E anche al casinò era andata di lusso. Ma che cosa ascoltare, adesso? Una triste *Traviata*? Un piú gagliardo *Trovatore*? O quel leggiadro *Gianni Schicchi* poc'anzi evocato? Poi c'era il pensiero di quel caso. Lo Moro. Lo Moro. Continuava a non dirgli niente. Decise di richiamare il collega Blumenstein. Come al solito, aveva dimenticato il telefonino in fondo a qualche tasca. Lo recuperò dopo accurata perquisizione. Blumenstein lo aveva cercato a piú riprese. Consueta figura da distratto, o, peggio, da snob. Compose il numero.

– Manrico! Finalmente riusciamo a sentirci…

– Colpa mia, ho…

– Senti, scusami se ti sembro sbrigativo, ma ho promesso a mia figlia di dedicarle la serata... sai, la triste sorte dei padri separati eccetera eccetera... facciamo cosí: io domattina ho un interrogatorio con questo Mancini, vieni con me, cosí sentiamo che cosa ha da dirti, passo a prenderti alle otto, se per te va bene...

– Ma... dovremmo avvisare il procuratore, almeno.

– Penso a tutto io. Ti faccio mettere in delega per questo verbale, poi si vede se è una cosa seria. A domani.

– A domani.

– Aspetta aspetta: abiti sempre in quella reggia a via Giulia?

– Finché non mi cacciano.

– Contino, fammi il piacere.

E cosí, di lí a poche ore il mistero del misterioso Lo Moro si sarebbe chiarito. Tornò ai vinili. Allora... Notifica sul cellulare. Un messaggio di Stella Dubois. Tuffo al cuore. C'erano due donne nei suoi pensieri, e tutte e due si riaffacciarono prepotentemente in quel preciso istante. La donna che voleva con tutte le sue forze rivedere, e che si negava. E quella che stava cercando in ogni modo di evitare, e che si era appena manifestata. Era forse questa l'origine del malessere che, a sprazzi, lo aveva visitato negli ultimi giorni?

Spense il cellulare. E a ogni buon conto, si affidò a *Gianni Schicchi*.

II.

Blumenstein si presentò alle otto in punto su una Giulietta ultimo modello scortato da due marcantoni, uno dei quali scese e aprí premurosamente lo sportello posteriore. Manrico si sedette accanto al collega, un uomo di una decina d'anni piú giovane che sfoggiava con legittimo orgoglio una kippah, era molto attivo nella comunità ebraica di Roma, era un magistrato serio e scrupoloso e, cosa che non guastava, dotato di un buon senso dell'umorismo. Inoltre, sebbene non ne fosse un fanatico cultore, era comunque interessato all'opera: un paio d'anni prima si erano incontrati per caso alle Terme di Caracalla, dove ogni estate, in uno scenario mozzafiato, si replicano famose opere liriche a uso e consumo di una platea per una volta tanto non presidiata dai soli melomani incalliti. Manrico lo aveva visto commuoversi sul *Va, pensiero*, e aveva commiserato per l'ennesima volta quei mentecatti che, in anni trascorsi, avevano contrabbandato per litania padana il lamento struggente degli ebrei in cattività. Da quella sera lui e Blumenstein avevano preso a sentirsi di tanto in tanto.

– Anno nuovo, macchine nuove? – lasciò cadere il contino, alludendo al cronico pauperismo dell'Amministrazione, dove ci si batteva all'ultimo sangue per un passaggio sull'ultima scalcagnata Panda.

– Servizio centrale di protezione, – precisò il collega,

– questo Mancini Giuseppe inteso Farina sono due mesi che canta come un canarino.

Un pentito, dunque. Blumenstein gli spiegò che er Farina, sino ad allora ritenuto uno spacciatore di piccolo rango, era stato pizzicato con quaranta chili di cocaina di alta qualità, una boliviana rosa pura al novantacinque per cento. Dopo un patetico tentativo di accreditarsi come responsabile di una improbabile «retta», vale a dire di passare per custode di roba altrui, davanti alla prospettiva di una ventina di meritati anni di galera, aveva saltato il fosso. O, come usavano ancora dire certi malandrini della vecchia guardia, s'era buttato a Santa Parla.

– Era entrato nel giro grosso. Ha fatto nomi, molti bei nomi, una parte dell'inchiesta è ancora riservata. Ci ha fatto trovare un bel po' di roba, fornendo indicazioni alquanto precise. Persino una valigia con un migliaio di dosi di Fentanyl.

Il Fentanyl, un potente antidolorifico che anche in modicissima quantità poteva provocare l'overdose, era diventato negli ultimi anni l'incubo delle squadre antidroga dell'intero emisfero occidentale. Da come ne parlava Blumenstein, dunque, questo Farina si stava rivelando una fonte attendibile. Un colpaccio, per la Procura. Quanto all'omicidio di quel tal Lo Moro, vale a dire la ragione per la quale Manrico si trovava in quella Giulietta che si stava agitando discretamente nel traffico di un martedí di gennaio, er Farina, in un momento di difficoltà (parole sue), aveva accettato un «contratto». Omicidio a pagamento, in altri termini.

– Poi all'ultimo si è tirato indietro, – spiegò Blumenstein, – ma ha fornito indicazioni molto precise sui mandanti, gli interessi in gioco, eccetera.

Insomma, si stava meritando la patente di affidabilità. Ma a lui, a Manrico, 'sto Lo Moro continuava a risultare, pace all'anima sua, un perfetto sconosciuto. Blumenstein tirò fuori una sigaretta elettronica.

– Ti spiace se svapo?

– Fai pure. Sono un ex.

– Questa è proprio la giornata dei pentiti.

Dopo una buona mezz'ora di slalom stradale, e con sorpresa di Manrico, l'Alfa Romeo si arrestò davanti a una graziosa villetta di nuova costruzione in una tortuosa stradina affluente di via Cassia. Niente Regina Coeli né Rebibbia, per er Farina pentito, ma una dimora tutto sommato confortevole. Dove questo ultimo prezioso alleato delle forze dell'ordine, spiegò Blumenstein con convinta ironia, «potrà rifarsi una vita con la sua famiglia». E infatti, quando i due marcantoni di scorta ebbero ottenuto via libera dagli altri tre marcantoni che presidiavano l'edificio, a venire per prima incontro ai due magistrati fu una giovane donna con un pancione sui sette mesi e in collo una bimbetta riccioluta dall'aria assonnata. Blumenstein la salutò con un cenno cortese del capo, che lei ricambiò arrossendo, e fece un buffetto alla bambina, che volse il capo dall'altro lato assumendo l'espressione della principessa sdegnata.

– Vi faccio un caffè? – si offrí la donna; vago accento fra ciociaro e pontino.

– Volentieri, Dayana, grazie. Anche per il collega, – e Blumenstein indicò Manrico, che annuí.

– Prima vi accompagno da Peppe?

– Grazie, conosco la strada.

La donna si dileguò. Dayana come lady *Dayana*, immaginò Manrico. Lui e il collega seguirono i due agenti che li avevano accompagnati lungo un corridoio sul quale si affacciavano porte chiuse. Il quartetto approdò a un saloncino con divanetto e poltrone rosse stile Ikea, su una delle quali, davanti a un televisore senza sonoro che rimandava una vecchia partita di calcio, sedeva un quarantenne in tuta. Er Farina, appena si accorse di Blumenstein, scattò in piedi; sul suo volto affilato, in cui spiccava un naso rotto da pugile senza sorte, spuntò un gran sorriso.

– Dottor Blumenstein! Come sta? Le faccio fa' subito un caffè...

– Ci sta pensando Dayana, grazie.

– Accomodatevi, accomodatevi, benvenuti...

Presero posto sul divano. L'uomo sembrava davvero contento di vedere il «suo» magistrato. In passato Manrico aveva «gestito» un paio di collaboratori di giustizia. Era fondamentale instaurare da subito un clima di reciproca fiducia. Ma non ci si poteva arrivare senza prima un confronto. Anche aspro: dopo tutto bisognava accertarsi che chi sino a ieri aveva spacciato, sparato, rapinato, ora fosse davvero disposto a vuotare il sacco. Bisognava sempre tener presente il senso del limite. Evitare di spendere parole impegnative come «amicizia». Ma si doveva pure evitare la trappola del moralismo. Hai davanti a te chi ha fatto del male, ed è proprio per questo che, adesso, vi ritrovate dalla stessa parte. Se lo giudichi, non lo comprenderai mai, e lui lo capirà, e si chiuderà, negandoti le informazioni delle quali hai bisogno. O, peggio, te ne darà di fasulle. E quando ti diranno che stai premiando uno che ha ammazzato cinque persone, dovrai avere la forza di rispondere: «Pensa a tutti quelli che sta salvando con le sue parole». Dayana portò il caffè. La bimbetta, che l'aveva seguita sgambettando, si lanciò in braccio al padre. Er Farina le diede un bacio. La piccola ricambiò con deliziose smorfiette. Visto lí, quel tipo non sembrava poi cosí cattivo. E come tanti prima di lui votati al male, nel cuore custodiva un modesto ideale piccolo borghese: una casa, una donna, una famiglia...

– Ci lasciate soli, per favore?

All'ordine di Blumenstein, madre e figlia, quest'ultima con una certa riluttanza, uscirono dal saloncino. I due poliziotti le seguirono. Blumenstein si sporse verso er Farina.

– L'ispettore Menerello ci ha detto che lei gli ha parlato di un certo omicidio. Questo è il collega Spinori, che dovrebbe essersi occupato di quel caso. Dunque. L'avvocato sta arrivando. Per il verbale ufficiale dobbiamo aspettarlo. Se intanto ci vuole anticipare qualcosa...

Er Farina si grattò la testa.

– Senta, dottore, io ho parlato di tante cose con Menerello. Magari se...

– Ci stiamo riferendo all'omicidio Lo Moro, – intervenne Manrico.

Er Farina allargò le braccia.

– Me dovete scusa', ma a me 'sto nome nun me dice gnente...

I due Pm si scambiarono un'occhiata stupita: sembrava sincero.

– Su, si sforzi, – lo sollecitò Blumenstein, – il collega è venuto qui apposta!

– Ma dotto', je lo giuro, nun me ricordo... po' esse' che Menerello ha capito male... Lo Moro... 'sto Lo Moro a me proprio nun me torna...

Blumenstein afferrò il cellulare e compose un numero.

– Menerello? Sí, sono qui con er Farina... si tratta di quell'omicidio... Lo Moro... eh, e lui dice di non saperne niente... ma se glielo sto dicendo, Menere', non mi faccia perdere la pazienza pure lei! Sí, ce l'ho qua davanti a me, glielo passo...

Porse l'apparecchio al Farina.

– Sí... Lo Moro... a me 'sto Lo Moro... mah, saranno stati dieci anni... a Montesacro...

Manrico, che seguiva incredulo la pantomima – anche per un avanzo di galera come Mancini Giuseppe detto Farina un omicidio era pur sempre un omicidio – vide infine un lampo di sollievo attraversare gli occhi piccoli e ravvicinati del pentito.

– Aah, e mo' sí che se capimo! Vabbè, grazie ispetto', grazie…

Er Farina restituí a Blumenstein il cellulare.

– Allora?

– Allora, – sospirò, ormai rilassato e perfettamente a suo agio, – allora voi me stavate a confonne, co 'sto Lo Moro… chiamatelo cor nome suo: Veronica. Quer travestito de viale Ionio…

E finalmente anche Manrico ricordò.

– Veronica!

– Proprio lei, dottore! – sorrise er Farina, soddisfatto.

– Bene –. Blumenstein si fregò le mani. – Collega Spinori, è tutto tuo.

Manrico si schiarí la voce.

– Che mi sa dire di quell'omicidio, Mancini?

– Che avete preso una cantonata.

– Sarebbe a dire?

– Avete accollato l'omicidio alla persona sbagliata.

Parve a Manrico di cogliere una sfumatura di compiacimento, nel tono della voce. In quell'«avete» vibravano la diffidenza, se non l'astio, che scandisce il rapporto fra chi sta dal lato in ombra della luna e i benpensanti. Tutti accomunati, questi ultimi, da quel plurale che suonava vagamente beffardo: voi credete di sapere, vi create una convinzione, giudicate, ve ne state al sicuro al riparo delle vostre certezze… Ma è un'illusione. Voi sbagliate, come noi, come tutti. E coglervi in fallo è il nostro piacere piú grande.

– E questo chi lo dice, Mancini?

– La strada.
– Mi pare troppo generico.
– È vero, si tratta di voci, dottore, ma quando sono tante, allora la cosa si fa seria…
– Questo lasci che sia io a giudicarlo.
– E magari pure io posso di' la mia!
Con un gesto teatrale, il collaboratore indicò Blumenstein e riprese:
– Il dottore, qua, vi può testimoniare che io non parlo a vanvera. Di voci, in trent'anni che ce vivo, sulla strada, sapeste quante n'ho sentite. Ma lei lo sa che ce sta gente che se vennerebbe la madre per un permesso o pe' fasse du' anni de meno all'albergo Regina?
– E questo che c'entra, Mancini?
– Dottore, parliamoci chiaro. Se 'ste voci erano fregnacce, io non le facevo perdere tempo, e non ne perdevo manco io, perché da quando ho deciso di collaborare lo so che quelli mi stanno dietro e se appena appena caccio fuori la punta der naso me fanno il regalo de Natale fori tempo massimo… nun so si me spiego…
Blumenstein si schiarí la voce.
– Fari', il collega Spinori è uno che le cose le capisce. Risparmiaci la recita e andiamo avanti.
Er Farina abbassò all'istante le orecchie.
– Mi scusi, scusatemi, è che… insomma, piú che voci, dottore, è un coro. Lei ha indagato, e me pare che la storia s'è risolta pure presto…
Manrico annuí.
– Be', – riprese er Farina, – e se capisce! Le voci dicono che v'avevano preparato il pacchetto… cioè, tutto combaciava, come dice la Madama… ma perché qualcuno l'ha fatto combacia'…
– Qualcuno chi?

– Eh, questo nun se sa… – Lasciò cadere er Farina, allargando le braccia. – Ma si fossi in lei cercherei in alto…

– Quanto in alto?

– Parecchio…

Manrico scosse la testa.

– Un po' piú di precisione non guasterebbe…

– Questo è quello che so io, dottore…

– Lei esclude che possano venirle in mente altri dettagli?

Manrico e il malavitoso si fissarono per un breve istante, occhi negli occhi. Era un confronto, un reciproco scrutarsi, uno di quei momenti in cui la ragione deve farsi da parte e cedere il passo ai sensi. Quelli di Manrico erano all'erta. Non gli sfuggí il guizzo che aveva animato lo sguardo del Farina. Un guizzo simile Manrico l'aveva colto in decine di sospetti o confessi che aveva interrogato. Compariva quando qualcuno aveva qualcosa da nascondere. Non necessariamente una colpa. Capitava a volte che un sospetto si cacciasse nei guai per non voler rivelare un alibi che lo avrebbe magari salvato da un'accusa ma danneggiato in qualche altro modo: non ero io in quel supermercato perché stavo pippando con la mia amante. Non guidavo io la macchina, ma mio figlio, che è minorenne, e se lo dicessi gli rovinerei la vita. Insomma, er Farina non la contava giusta. O almeno non la contava tutta. Manrico lo capí. E anche il malandrino intuí che quel tipo dall'aria all'apparenza svagata l'aveva sgamato.

– Allora, Mancini?

– Ci penserò, dottore.

Quindi, sí, mi hai sgamato, vediamo come butta, e chissà che non venga fuori qualcos'altro… ma, dottore Spinori, sia chiara una cosa: qua il gioco so' io che lo comando, e quando, e se, aggiungerò qualcosa alla mia dichiarazione, dipende solo e unicamente dalla mia volontà.

Blumenstein non s'era accorto della pantomima, o forse non gli interessava. «Gestiva» er Farina per una serie di inchieste grosse, questo morto, diciamo cosí, periferico, non era affar suo. Arrivò l'avvocato e il verbale fu regolarizzato. Manrico e il collaboratore si strinsero la mano. Blumenstein aveva ancora qualche dettaglio da chiarire e si trattenne col Farina nell'amena villetta. Uno dei poliziotti di guardia al pentito, che stava smontando ed era di strada per il tribunale, si offrí di dare un passaggio a Manrico. Mentre guidava, il poliziotto espresse le sue idee sul collaboratore che stava proteggendo.

– Quello è un pezzo de merda. L'ho visto come tratta la moje. Per me po' pure fa' il pentito, ma resta sempre 'no stronzo.

In ufficio trovò le Walchirie tutte schierate. Brunella, la sospirosa segretaria perennemente alle prese con amori sfortunati; Gavina Orru, la maga della rete, con le sue connessioni neuronali veloci quanto quelle di un astronauta selezionato dalla Nasa per i voli interstellari; Deborah Cianchetti, un metro e ottanta di tatuaggi e sovranismo, meraviglioso fiore di borgata, guardiana della notte di una città che «si me facevano comanna' du' mesi a Roma qua diventava 'a Svizzera». Manrico, però, non era in vena di convenevoli. Sorprendendole alquanto, se la cavò con un frettoloso saluto e si blindò nella sua stanza, ansioso di concentrarsi sul caso Veronica.

Il fascicolo faceva bella mostra di sé sulla scrivania, ma decise che lo avrebbe sfogliato solo come supporto alla memoria.

Ricordava, altro che se ricordava.

III.

L'allarme era arrivato alla centrale operativa poco dopo le nove di una sera afosa di agosto. Telefonata anonima al 113, appartamento in zona Montesacro. Poche battute, voce maschile, alterata: «Fate presto, c'è una donna che sta male». Seguiva indirizzo. Incrociava in zona, di pattuglia, un equipaggio della Mobile – sovrintendente Luberti Sergio, agente scelto Pampinella Riccardo – che si era rapidamente portato in loco. La porta era chiusa. Gli operanti avevano forzato senza fatica la vecchia serratura. E cosí «avevano rinvenuto», come si leggeva nell'informativa della polizia giudiziaria, il cadavere di Lo Moro Francesco, di anni trentasette. Mezz'ora dopo Manrico, di turno quella sera, era là. Ricordava il caldo asfissiante di fine agosto, la febbricola di Alex ancora bambino che era in montagna insieme alla madre, madre con cui si era accesa, via telefono, l'ennesima discussione destinata a concludersi in freddi saluti, e ricordava il senso amaro della disfatta che gli pulsava fra il petto e la bocca dello stomaco. Del resto, quella era la stagione degli ultimi tentativi di raddrizzare il rapporto ormai agonizzante con Adelaide: di lí a poco si sarebbero lasciati. E col tempo sarebbero persino diventati amici, cosa che non erano mai stati quando vivevano sotto lo stesso tetto. La telefonata del sovrintendente Luberti era arrivata quasi come una liberazione. Aveva convocato Scognamiglio, e il fedele, inseparabile maresciallo che gli aveva fatto da maestro, mentore, quasi da padre nei primi passi della carriera, era passato a prenderlo con la Golf nera d'annata, l'unica civetteria che si fosse mai concesso nella sua vita austera di ironico servitore dello Stato. Ricordava benissimo anche il luogo del delitto. Un appartamento di tre stanze. L'ingresso. Un soggiorno con un divanetto nero, di fronte a una porta-finestra che dava su un terrazzino con gelsomini rampicanti e qualche pianta grassa (prima di accorgersi del tavolino rovesciato, dei mozziconi e della cenere sparsa sul parquet, del posacenere dall'angolo scheggiato, della macchia di sangue non ancora rappreso, Manrico aveva pensato che gli uni e le altre – il rampicante e le piante – avrebbero necessitato di maggiori attenzioni). Tutto lasciava intendere che «il fatto» fosse avvenuto in quell'ambiente. Su una mensola, una piccola Handycam.

– Forse la usavano per filmare i giochini, – era stata l'osservazione di Scognamiglio.

Proseguendo nell'esplorazione, un piccolo studiolo con una biblioteca essenziale di titoli alla moda, *L'eleganza del riccio*, *Il cacciatore di aquiloni*, *È facile smettere di fumare se sai come farlo*, un bagno con una vasca di notevoli dimensioni, pulitissimo, una camera da letto dalle pareti rosa con un grande specchio ovale dalla cornice dorata e un imponente letto tondo. Lí, sulle lenzuola di raso nero, Lo Moro Francesco. Un ricamo bizzarro di sangue che dall'orecchio sinistro si disperdeva verso le labbra semichiuse, le palpebre calate con tracce di ombretto, le braccia distese accanto al lungo corpo, la camicetta color cremisi abbottonata, gli slip neri e le calze autoreggenti velate, cosí incongrue per quel fondo d'estate.

Una bellezza fuori dall'ordinario. Un corpo perfetto e intatto. Nulla che denunciasse la sua precedente identità.

Lo Moro Francesco da Rodi Garganico.

In arte, Veronica.

Escort transessuale.

T-girl.

Il sovrintendente Luberti aveva fatto qualche ricerca in rete, subito dopo aver scoperto il corpo. L'agente scelto Pampinella s'era poi ricordato di aver letto da qualche parte un'intervista con «quer frocio». Manrico aveva avvertito un fastidio per l'epiteto offensivo, ma in quel momento era il dolore il sentimento che prevaleva in lui. Gli accadeva sempre, davanti allo spettacolo della morte. Di provare tristezza, e insieme indignazione, e poi un moto di rabbia, e infine una pietà da scardinare il cuore. E su tutto, su tutto, c'era la volontà di raccogliere la sfida. Chi sei? Perché lo hai fatto? Io lo scoprirò, io darò un volto e un nome alla tua... a quella che si usa definire «la causa» del delitto. Calcolo, improvvisazione, ferita esistenziale, deficit etico, spesso necessità, di rado crudeltà. A volte, semplicemente, il caso.

Mentre Scognamiglio si faceva raccontare i dettagli dai due poliziotti, Manrico telefonava al professor Gatteschi, il medico legale, e al Racis, il reparto di investigazioni scientifiche dei carabinieri, perché inviassero con sollecitudine una squadretta per i rilievi. Nell'attesa, per non inquinare la scena del crimine, non c'era niente da fare, se non esercitare il pensiero. Manrico aveva una ferma convinzione: non esiste situazione umana, incluso il delitto, che non sia stata raccontata da un'opera lirica. Per risolvere un caso, si tratta d'individuare l'opera di riferimento. Quella scena parlava di passione? L'ambiente trasudava sesso, ma sesso mercenario. Che con la passione c'entra poco e niente. Non ci voleva un genio per capire che doveva esserci stata una colluttazione, le tracce di sangue nel piccolo soggiorno, il tavolino rovesciato, disegnavano una dinamica piuttosto convincente. Veronica era in slip. Aspettava un cliente? Era scoppiata, improvvisa, una lite? Però lei era sul letto. Composta. Gli occhi chiusi. Un gesto di pietà? O il cliente in preda al panico era fuggito lasciandola svenuta, lei si era rialzata, trascinata sul letto e lí... impossibile. Quel corpo ricomposto deponeva per un ordine artificioso, non esprimeva la disarticolazione del furore. E poi Veronica avrebbe chiamato soccorso. Urlato. Bisognava sentire i vicini, farlo rapidamente. Se n'erano incaricati Scognamiglio e i due della Volante. L'allarme era stato dato al 113 da un anonimo. Il cliente fuggitivo? Verosimile. A interrompere il flusso dei pensieri, l'arrivo di Gatteschi e delle tute bianche del Racis. Manrico si era fatto da parte. Non che il pensiero avesse partorito gran risultati. Percepiva una nota stonata, ma non riusciva a darle consistenza. Nessuna opera gli ronzava per la testa. Si era affacciato dal piccolo terrazzo. Il gelsomino era rinsecchito. Le piante spinose, ostili.

– Dottore, – lo aveva ridestato Scognamiglio.

– Scoperto qualcosa?

– In questo palazzo ci sono cinque piani. Tre sono occupati da studi professionali, due avvocati, una società di prestiti, un dentista e un oftalmologo. Naturalmente tutti deserti. A piano terra ci sta il portiere, ma non dorme qua, e data l'ora è assente. Qua ci stava 'o muorto...

– Magari lei preferiva il femminile, Scognami'.

A onta della drammaticità del contesto, il vecchio maresciallo aveva trovato la forza per sottolineare con un sorrisetto il vezzo linguistico di Manrico.

– Come vulite vuie, 'a morta... unica presenza umana un'anziana signora al piano qua sotto. Dice che... Veronica era una persona discreta; lei, la vecchia, pensava che facesse l'indossatrice, o il cinema, qualcosa di simile... non doveva esserci un grande traffico di uomini, senno' si sarebbe insospettita... ma comunque dice che verso le venti ha sentito che la signora... lei la chiama «la signora», proprio come voi, dottore... la signora litigava con qualcuno. Un uomo. Poi piú niente... ah, no, aspetti: passi per le scale e altre voci. Ma siccome 'ste voci sarebbero 'na mezz'ora dopo i passi per le scale...

– Saranno stati i nostri amici della Volante.

– Poco ma sicuro. Insomma, questo è tutto quello che abbiamo, al momento. Poi dobbiamo trovare il telefonino della morta, le solite cose...

– Analizzare la videocamera.

– Chiaro.

– Non sarà facile, Scognamiglio.

– Lo penso anch'io, dotto'...

Si sbagliavano.

L'omicidio di Montesacro si sarebbe rivelato uno dei casi piú facili della carriera di Manrico.

Una settimana dopo era praticamente risolto.

Il colpevole assicurato alla giustizia.

Scognamiglio aveva chiesto consulenza ai «puttanieri». Con notevole indignazione di Manrico, il maresciallo definiva all'antica la squadra specializzata in Prostituzione e Reati di criminalità extracomunitaria diffusa: dizione, a suo dire, piú razzista della vecchia «buoncostume», alla quale era rimasto nostalgicamente affezionato.

– Ma che mi significa 'sta criminalità extracomunitaria diffusa? Che tutte 'e zoccole vengono da fuori? E Veronica, allora?

Veronica era emigrata a Roma per cercare fortuna nel mondo dello spettacolo. Dopo qualche esperienza di casting in produzioni di secondo rango, era rapidamente salita di livello, coltivando un ristretto giro di amicizie facoltose. Una escort di alto bordo che non si concedeva a tutti. Offriva piú che altro un servizio Gfe, girlfriend experience. La fidanzatina della porta accanto, insomma, quella da presentare a mamma e papà.

– A fidanzatina co' tant'e capitone miezz'a 'e cosce! – aveva commentato Scognamiglio.

– La prego, Scognamiglio!

– Dotto', e mica è colpa mia se sono nato ai Quartieri. Là il femminiello è un'istituzione. Mi conoscete troppo bene per non sapere che quando dico certe cose le dico con rispetto.

Scognamiglio aveva ragione. La sua ironia era in fondo benevola. Manrico però avvertiva un crescente disagio. Si trattava di scoprire chi erano i privilegiati «fidanzati». In casa non avevano trovato né un'agenda né un telefono. La prima, magari, era un supporto che stava passando di moda, travolta dal digitale. Il secondo se l'era di sicuro portato via l'assassino. Quanto alla Handycam, mancava la scheda di memoria. Anche quella se l'era portata via l'assassino? Conteneva forse immagini compromettenti? Era quasi certo. E allora potevano mettersi l'anima in pace. Non l'avrebbero mai trovata. Per il telefono, però, si poteva risolvere. Veronica aveva stipulato un regolare contratto con il gestore usando il suo vero nome, perciò, grazie a ULYSSE, il programma ministeriale, non era stato difficile rintracciare il numero e chiedere i tabulati, che nel giro di ventiquattr'ore sarebbero stati sulla scrivania di Manrico. A svilupparli ci avrebbe pensato lo stesso Scognamiglio, e a ogni buon conto Manrico aveva richiesto anche la geolocalizzazione delle due celle piú prossime al luogo del delitto. In questo caso ci sarebbe voluto un po' piú di tempo, però avrebbero potuto risalire all'identità di tutti quelli che avevano usato un cellulare nelle vicinanze della scena del delitto e in orario prossimo alla commissione dello stesso. Decisiva, comunque, si sarebbe rivelata la dritta fornita dai cuginetti della Buoncostume, che per il tosto, ma in fondo al cuore dolcissimo, maresciallo provavano una certa stima.

– Veronica aveva un'amica del cuore, una certa Betty.

Piú volte segnalata, raggiunta da svariati fogli di via, Betty si chiamava in realtà Sebastião Marangoni dos Santos, da San Paolo del Brasile; prima di diventare *sophisticated lady*, Veronica aveva battuto in zona Parco della Musica insieme a lei. Manrico e Scognamiglio l'avevano presa a verbale a metà mattinata del giorno successivo all'omicidio. Dimorava in un sottoscala squallido in un condominio mediocre sulla via Cassia. All'inizio si era mostrata chiusa, diffidente: conosceva Veronica solo superficialmente, non si frequentavano da tempo.

– Non siamo dell'immigrazione, Betty.

Infine aveva ceduto, conquistata dal tono gentile del magistrato.

– Aqui siamo seis sorelline, – aveva spiegato, nel suo italiano irrimediabilmente approssimativo.

Le «sorelline» popolavano, avrebbe poi appurato Scognamiglio, interi caseggiati della zona: le trans andavano forte a Roma, in quegli anni. Se Veronica era stata un'autentica bellezza – alta, biondissima, occhioni azzurri, nasino capriccioso, ovale delicato – Betty appena sveglia era una creatura a metà del guado, come denunciavano certe tumefazioni del volto, la voce cupa con improvvisi acuti gracidanti, le borse sotto gli occhi. L'agitazione che ogni tanto la scuoteva, e il tono strascicato di certe risposte, indicavano la probabile assunzione di sostanze. Forse perché aveva colto un certo gioco di sguardi fra il magistrato e il carabiniere, forse perché cosí le suggeriva l'intuito di una vita sulla strada, quando furono tutti e tre seduti intorno a un tavolo zoppicante, era stata lei stessa a introdurre l'argomento «roba».

– Io ogni tanti mi faccio, ma Veronica no, lei era pulita.

In effetti, la minuziosa perquisizione della notte precedente non aveva portato alla luce nessuna polvere bianca. E l'autopsia avrebbe confermato l'estraneità della vittima a certe sostanze. Manrico aveva rassicurato la brasiliana. Avevano solo bisogno del suo aiuto per capire. Capire chi era stata Veronica e perché avesse fatto quella fine.

– Veronica era amiga. Era un angelo, o meu angelo!

Si erano conosciute battendo. Erano entrate in confidenza parlando dei loro sogni, degli uomini brutti e di quelli buoni che incontravano, dei paesi dai quali entrambe provenivano: da un villaggio a un'ora da San Paolo lei, dal profondo della Puglia Veronica, che aveva ancora i genitori ma non li sentiva mai, perché si vergognavano.

– Ma quando lei mandava soldi allora loro prendevano, non piú vergogna, allora brava fija, no?

Una sera Veronica era stata caricata da un regista della Tv, uno importante. Si erano piaciuti, lui era un uomo gentile. Le aveva presentato qualche altro del giro grosso. Cosí aveva smesso di battere per strada. Si era fatta la sua clientela selezionata, però era rimasta una brava ragazza. Non si era montata la testa, anche se guadagnava bene, e quando Betty era proprio in difficoltà le prestava dei soldi, senza chiedere niente in cambio.

– Vedrai che a vida cambia, diceva, cambia anche pe ti... povera Veronica!

Betty era scoppiata a piangere. Si sentiva in colpa. Il pomeriggio precedente lei e Veronica dovevano vedersi, in un bar in centro. Betty stava molto male, male a soldi, e Veronica aveva promesso che le avrebbe portato qualcosa. L'appuntamento era per le sette e mezzo. Betty aveva pescato un cellulare fra un mucchio di cianfrusaglie accatastate alla rinfusa sopra una specie di brutta cassapanca.

– Ecco, guarda, qua c'è ultimi message di Veronica.

VERO Amo ci vediamo 7 mezzo.
BETTY no fa tarde.
VERO Finisco col colonnello e arrivo.
BETTY grazie esto mal molto.

– Ma lei non è venuta. E io ero molto molto arrabiata!

Betty aveva aspettato mezz'ora e le aveva telefonato, solo che il telefonino di Veronica era spento.

– Ho pensato: anche lei è diventata stronza come tutti, ora è ricca, dimentica l'amiga... ho pensato: vado da lei e faccio scenata...

Poi si era accorta di non avere nemmeno i soldi per il taxi. Aveva ripiegato su una sequela di parolacce nella segreteria telefonica e se n'era andata sul Lungotevere.

– Per buttare giú al fiume. Finita, vida di merda. Estava tam desperada, sai?

Solo che alla fine aveva incontrato un tipo e la serata aveva preso una piega diversa. E giú altre lacrime, perché, se avesse saputo che in quel momento stavano ammazzando Veronica, magari lei...

Manrico aveva cercato di consolarla (Scognamiglio gli avrebbe confidato in seguito che, secondo lui, quelle lacrime erano posticce; ma non c'era stato tempo per approfondire, vista la direzione che, di lí a poco, avrebbero assunto gli eventi), poi le aveva chiesto se sapeva chi era questo «colonnello» con cui Veronica aveva appuntamento.

– Un cliente, penso, – aveva risposto Betty.

– Veronica le aveva parlato di lui?

– No, non me ricordo... Veronica era molto... come si dice quando uno non parla di cose sue?

– Riservata, – s'era intromesso Scognamiglio.

– A Veronica piaceva girare video, Betty?

Era sembrata sinceramente sorpresa dalla domanda di Manrico.

– Magari per metterli sul sito, – aveva insistito Scognamiglio.

– A casa sua abbiamo trovato una Handycam, – aveva chiarito Manrico.

Betty era apparsa ancora piú sorpresa. Non sapeva che l'amica avesse questo hobby. Non aveva mai visto quella videocamera. Scognamiglio e Manrico si scambiarono un'occhiata. Tutti e due avevano notato una certa autenticità nella risposta. Ma allora che senso aveva quella Handycam senza scheda di memoria?

Poi Betty era scoppiata in un altro pianto. Era arrivata l'ora di levare le tende. Prima di lasciare quel tugurio che grondava infelicità, Manrico aveva finto di perdere una banconota da cinquanta euro, stando bene attento a non farsi vedere dalla trans. La manovra non era sfuggita all'occhio acuto del maresciallo, che l'aveva sottolineata con un'occhiata sconsolata e insistita: perché il contino doveva accorgersene, e doveva capire che tutto questo buon cuore era sprecato con una causa persa come quella disgraziata.

Da lí in avanti la storia aveva preso un andamento veloce. Forse troppo.

Il Racis dei Carabinieri aveva informato che la scena del delitto era stata ripulita. Almeno in parte. C'erano tracce di uso di candeggina e alcune superfici erano state accuratamente spolverate. Non era stata però cancellata la macchia di sangue nel saloncino, dove era presumibilmente avvenuta la colluttazione mortale.

– Chillu è 'nu furbacchione, – aveva chiosato Scognamiglio, – non si è dato da fare co' chella macchia perché quello è sicuro sangue della vittima. Ha cancellato le tracce sue.

Il «furbacchione» era il colonnello? Be', il colonnello non solo esisteva, era un vero colonnello in carne e ossa. Anzi, lo era stato sino a qualche mese prima, quando si era congedato per passare al settore privato. Si chiamava Guido Ridorè, veneto, cinquant'anni, alpino, decorato in missioni all'estero. Dismessa la divisa, era stato nominato consulente di svariate commissioni, italiane ma anche europee, impegnate nel settore della cooperazione internazionale. Le foto ufficiali mostravano un pezzo d'uomo dai lineamenti squadrati, sorriso duro, occhio grigio, portamento marziale.

I tabulati, del resto, erano impietosi. Veronica intratteneva contatti continuativi con non piú di una dozzina di numeri, e tutti appartenenti a persone in vista. Oltre all'ex colonnello, il regista di cui aveva parlato Betty, un paio di manager, un sottosegretario, un famoso avvocato milanese e un aristocratico torinese che chiamava con cadenza settimanale, tutti i giovedí. Scognamiglio si era divertito a fare un controllino volante: il predetto, giusto di giovedí, partecipava alle riunioni di un gruppo editoriale.

– Dotto', se chesti tabulati finiscono in mano a qualche giornalista senza scrupoli, qua salta Roma!

Il maresciallo esagerava. C'erano, sí, bei nomi, ma un po' pochi per far «saltare Roma». Anche se su qualche sito scandalistico cominciava a serpeggiare una certa eccitazione. Manrico aveva constatato con un certo stupore che, a parte il sottosegretario, il quale si avvaleva dell'utenza intestata a un prestanome – ma non era stato difficile risalire a lui incrociando varie chiamate – gli altri usavano apparecchi di proprietà. Si sentivano intoccabili. O si fidavano di Veronica. O tutte e due le cose. In ogni caso, l'ex colonnello Ridorè era fra i piú assidui. Solo nell'ultimo mese si contavano una quindicina di contatti. Quanto alla geolocalizzazione, la sera dell'omicidio il telefono di Ridorè si trovava in zona fra le diciotto e le diciannove. L'orario corrispondeva con le dichiarazioni di Betty e con gli sms che lei e Veronica si erano scambiate. Scognamiglio era riuscito persino a scovare una videocamera di sorveglianza che alle 17.55 immortalava Ridorè nella via parallela a quella della vittima.

A questo punto non restava che convocarlo.

– Facciamo le cose con discrezione.

– E mo' mi offendete, signor contino!

Scognamiglio aveva consegnato personalmente il decreto di citazione all'ex militare.

– Non ha mosso un muscolo, dottore, – riferí il maresciallo, – e ha chiesto se si può anticipare la convocazione.

– Per me potrebbe venire anche domattina.

Cosí era andata. Impettito e marziale, Ridorè si era presentato in Procura alle dieci in punto. Era trascorsa una settimana esatta dall'omicidio. Stretta di mano virile, sguardo franco. Non sembrava nemmeno troppo incuriosito della convocazione «per essere sentito come persona informata dei fatti», e si mise subito a disposizione. Sfrontatezza o consapevolezza della propria estraneità?, si era chiesto Manrico. Scognamiglio, invece, non riusciva a distogliere il pensiero dalla scena del congresso carnale (cosí si sarebbe poi espresso con il contino) fra l'ufficiale e la escort.

– L'ho convocata, – esordí Manrico, – per chiederle se ha avuto modo di conoscere tal Lo Moro Fabrizio.

Ridorè aveva corrugato la fronte, quindi aveva scosso la testa.

– Non mi pare, giudice.

Come mille volte gli era già accaduto, e come gli sarebbe accaduto ancora tante altre volte, Manrico aveva evitato di precisare che un Pm non è un giudice, semmai solo un magistrato. Non si poteva imporre a chiunque la conoscenza di certe sottigliezze.

– Forse le dice qualcosa il nome Veronica?

– Dovrebbe?

– Lo Moro era un transessuale, – precisò il maresciallo, – si faceva chiamare Veronica. Un nome d'arte.

– Capisco. No, non mi dice niente. Ma perché ne parlate al passato?

– L'hanno uccisa, – aveva detto Manrico, a voce bassa.

– Mi dispiace, ma non vedo come potrei aiutarvi.

– Forse potrebbe spiegarci perché fra lei e il Lo Moro... Veronica... ci sono state tutte queste telefonate negli ultimi giorni... e potrebbe magari spiegarci perché nel tardo pomeriggio del 27 agosto, vale a dire il giorno in cui Veronica è stata uccisa, il suo telefono e quello della vittima hanno agganciato la stessa cella in prossimità del domicilio della vittima stessa...

Scognamiglio gli aveva spinto davanti i tabulati con i numeri e le conversazioni di rilievo evidenziati in giallo. Ridorè aveva compulsato il foglio, poi aveva reagito con un sorrisetto un po' arrogante.

– Ha detto bene, maresciallo. Il mio telefono, non io.

– E questo che vorrebbe dire?

– Si tratta di un vecchio apparecchio che mi è stato... che non uso da chissà quanto. Mi sono reso conto a un certo punto di non averlo piú, devo averlo perso...

– Quando se ne è reso conto?

– Mah, qualche mese fa...

– E ne ha denunciato la scomparsa?

– Mi è passato di mente, lo confesso. Non pensavo che qualcun altro potesse servirsene...

Il magistrato e il maresciallo avevano sospirato, pressoché all'unisono. Ridorè era un soldato addestrato, aveva guadagnato decorazioni, forse era persino stato coinvolto in conflitti a fuoco. Mentiva, senza dubbio. E mentiva con stile. Scognamiglio fissò Manrico. Il Pm si schiarí la voce.

– Colonnello, da questo momento il suo esame come persona informata dei fatti è sospeso. La aspetto domattina in compagnia del suo avvocato. Può andare.

– È sicuro di ciò che sta facendo, giudice?

Manrico non aveva risposto. L'ex ufficiale aveva levato le tende con l'aria sdegnata.

Il giorno dopo Ridorè si era presentato in compagnia dell'avvocato Brabante, un principe del Foro della vecchia scuola. Uno che preferiva l'accordo alla guerra guerreggiata, il sorriso alla staffilata. E siccome era un gran figlio di buona donna, quando arrivava l'affondo, tu, che non te lo aspettavi, colavi a picco senza opporre resistenza. Tanto per mettere le cose in chiaro, mentre prendeva posto sulla poltroncina che Manrico gli aveva cortesemente offerto, Brabante aveva informato inquirente e maresciallo che il suo assistito avrebbe protestato nelle piú alte sedi per il trattamento che gli era stato riservato. Da onesto e leale servitore dello Stato qual era, oltretutto attualmente impegnato in un compito di enorme, strategico rilievo, riteneva offensivo che il suo nome venisse accostato...

– Quindi lei, colonnello, conferma le dichiarazioni rese ieri –. Manrico aveva interrotto l'avvocato, fissando l'ufficiale con aria severa.

Ridorè aveva annuito, senza emettere un suono.

– Proceda, maresciallo.

Scognamiglio aveva passato all'avvocato gli ingrandimenti di alcuni fotogrammi della videocamera di sorveglianza.

– Queste risalgono alle 17.55 del giorno in cui il Lo Moro... se preferite Veronica... veniva assassinato... il suo cliente si trovava a meno di cento metri dal luogo del delitto...

Brabante si era fatto tutto rosso. E questa, sia Manrico che Scognamiglio lo avevano subito percepito, era rabbia. L'avvocato non era al corrente della circostanza. Quelle immagini lo coglievano di sorpresa. Ridorè aveva mentito anche a lui. Quanto al colonnello, la prosopopea stava cedendo rapidamente il posto a un pallore cadaverico.

– Se mi fosse consentito di conferire con il mio assistito... – aveva azzardato Brabante.

Manrico e il maresciallo li avevano lasciati soli per cinque minuti. Al rientro, l'atmosfera era parecchio cambiata. Brabante, per usare un'espressione del lessico togato, era uno di quei difensori che non «sposavano la causa». Non lo si era mai visto sostenere una tesi assurda coprendosi di ridicolo, piuttosto, avrebbe rinunciato al cliente, se la sua versione dei fatti era fantasiosa e inverosimile. Cosí, fra un sorriso e l'altro, mentre Ridorè sembrava essersi di colpo rattrappito su una seggiola troppo grande per lui, Brabante aveva flautato agli inquirenti che il suo assistito, *melius re perpensa*, aveva ricordato di aver conosciuto occasionalmente questa «strana creatura», verso la quale aveva provato «come un sentimento paterno» e di aver avviato con lui, o lei, se si preferiva, una sorta di, come dire, dottor Spinori, «relazione protettiva», che peraltro non si era mai tradotta in... in attività sessualmente rilevante, concluse il professionista dopo una breve esitazione.

– E allora, – Scognamiglio sapeva essere impietoso, – il suo assistito non avrà niente in contrario a darci un campione del suo Dna...

– Be', se ha frequentato quella casa, immagino...

– Avvocato, – intervenne Manrico, – con tutto il rispetto... sulla vittima abbiamo rilevato tracce di rapporto sessuale recente. Poco prima dell'omicidio. E alcuni testimoni hanno riferito di aver sentito Veronica litigare con un uomo intorno alle 19.30-20.00, quindi...

– Ci sono andato, – aveva ammesso di colpo Ridorè, – ci sono andato quella sera. E sí, vi do tutto il Dna che volete perché l'abbiamo fatto. Abbiamo fatto sesso. Ma non sono stato io a ucciderla. Non l'avrei mai fatto. Mai... non riesco a pensare che lei non c'è piú...

Ecco, ecco uno di quei momenti nei quali chi sta costruendo un caso è autorizzato a credere tutto e il contrario di tutto. Ridorè aveva mentito, e dopo era crollato. Ma il suo dolore per la morte di Veronica sembrava sorretto da uno sgomento autentico. Lui non sapeva, non c'entrava niente con quell'omicidio... o lo sgomento era costruito ad arte? In simili casi, molti suoi colleghi avevano la tendenza ad affidarsi all'emozione. All'intuito, per meglio dire. Un turbamento eccessivo puzzava di recita. Una freddezza ostentata deponeva per insensibilità, e via dicendo. Scognamiglio gli aveva insegnato a dubitare di quel metodo. Aveva troppa esperienza della natura umana per non sapere che esiste una gamma pressoché infinita di reazioni. Guai a giudicare l'uomo da certe sue condotte. Tutte mutevoli, tutte comprensibili, alla fin fine. Era forse per questo che amava cosí tanto l'opera? Perché nell'opera, che è il regno della finzione, ciò che è finto assume i tratti del vero, ciò che è manipolazione si fa verità, e l'emozione, che sia lacrima o risata, è priva di secondi fini. Sincera, pura come l'assoluto. In ogni caso, gli elementi indizianti si facevano concreti. C'erano il luogo, l'occasione... ma il movente? Una lite finita male? Gatteschi, come sempre scrupoloso, nelle note post mortem aveva escluso la reiterazione dei colpi. Fra Veronica e il suo assalitore c'era stata una colluttazione, poi lei era caduta, probabilmente dopo essere stata colpita, e la testa aveva urtato con violenza contro il basamento del finto camino. Da lí la lesione fatale. Il medico legale aveva sentenziato: omicidio preterintenzionale. E se, con un altro piccolo sforzo, l'ex colonnello avesse confessato?

– In casa abbiamo trovato una piccola videocamera, – disse, piano, Manrico, – ma senza scheda di memoria. Immaginiamo che Veronica possa aver ripreso, magari a sua insaputa, qualche vostro... incontro... e che lei ne sia venuto a conoscenza, e che abbia temuto...

– Ma che cosa sta insinuando!

Ridorè aveva reagito male. Non c'era stata nessuna confessione. Indignazione e dolore apparivano autentici. Anche lui, come Betty, aveva detto chiaramente di non aver mai saputo nulla della videocamera. Aveva parlato di Veronica con affetto. Il sospetto che lei avesse potuto riprenderlo... a sua insaputa... era come se l'avesse giudicato un sospetto offensivo. Scognamiglio aveva prelevato con un tampone un po' di saliva e il colonnello era stato congedato. Con un'accusa di omicidio preterintenzionale: ma era un atto dovuto. L'avvocato Brabante aveva raccomandato la massima discrezione.

– Discrezione, – aveva ripetuto, piccato, Scognamiglio, – ma che ve pensate che qua mettiamo i manifesti, avvoca'?

No, loro non mettevano i manifesti, e a lungo Manrico si sarebbe poi chiesto in che modo, e soprattutto a opera di chi, la notizia fosse trapelata. Sta di fatto che proprio il sito scandalistico che piú si era accanito sui «segreti della trans che fanno tremare Roma» aveva sparato urbi et orbi in prima pagina il volto massiccio di Ridorè, con un titolo che lo indicava come sospetto dell'omicidio di Veronica. Manrico non aveva contatti con la stampa, e cosí Scognamiglio. L'avvocato era fuori discussione. Ma allora come diavolo avevano fatto a sapere? E tuttavia avevano saputo. In quei giorni Roma era senza procuratore della Repubblica. Tre o quattro alti magistrati si contendevano la nomina al vaglio del Consiglio Superiore della Magistratura. L'ufficio era retto da un sostituto anziano fra i meno garantisti. Uno di quelli certi che tutto ciò che separa la notitia criminis dalla galera sia solo un inutile orpello. Non esistono innocenti, era il suo motto, solo indagini fatte male. Manrico non era fra i suoi preferiti. E la sua decisione di non arrestare il colonnello aveva provocato aspre critiche. Per lui le cose erano chiare: Veronica era una ricattatrice, l'ex colonnello l'aveva smascherata e, infuriato, l'aveva uccisa. Perché tentennare tanto? Che fosse partita dal suo entourage, la soffiata? Il sito scandalistico, in effetti, era stato ripreso da alcune testate specializzate in indignazione diffusa, rilanciata da editoriali al veleno di elzeviristi la cui visione del mondo coincideva con quella del sostituto anziano. Il quale era tornato alla carica, e lo aveva convinto a sbattere in galera il sospetto. In fondo, il quadro indiziario aveva una sua gravità. Il Gip aveva accolto la richiesta di custodia cautelare.

Ridorè era stato piú veloce.

Quando i Carabinieri erano andati a prenderlo, era uscito sul terrazzo dell'appartamento al Flaminio, aveva scavalcato la balaustra e si era gettato di sotto. Sul suo scrittoio aveva lasciato un biglietto in cui chiedeva scusa a tutti. Era un uomo che aveva perso ogni cosa. La famiglia, gli incarichi che gli erano stati revocati, la stima degli amici.

Scognamiglio era sicuro che dietro il suicidio ci fosse il rimorso per aver ucciso l'amante. Manrico un po' meno, ma le apparenze erano tutte contro il colonnello.

Dell'agenda di Veronica, che avrebbe dovuto far tremare Roma, ci si dimenticò in fretta. La morte aveva risolto il caso.

A Manrico era rimasta una ferita nella coscienza. Per un po' non ci aveva dormito. Era piú giovane, allora. Ruggiva dentro di lui la fiamma del sacro fuoco della giustizia impavida. Quel suicidio lo aveva segnato. Era stato un punto di svolta. Da quel momento si era imposto la massima attenzione nel valutare le conseguenze delle sue scelte. Non aveva mai piú dimenticato che davanti a lui non c'erano soltanto sospetti, indagati, testimoni reticenti, potenziali delinquenti, in qualche caso veri assassini. C'erano innanzi tutto esseri umani.

E ora spuntava er Farina.

IV.

Entrò per prima Brunella, preceduta da un discreto raspar di unghie sulla porta. Recava carte da firmare e l'offerta di un caffè, che Manrico declinò con un mezzo sorriso. Qualche minuto dopo si affacciarono, insieme, Orru e Vitale. Stavano andando al bar. Forse il consigliere gradiva prendersi una pausa, staccare, fare due passi? Manrico declinò anche questa volta, senza sollevare lo sguardo dalle carte perché il messaggio fosse chiaro. Non erano trascorsi nemmeno dieci minuti che irruppe Cianchetti.

– Vuole riaprire questo vecchio caso, vero?

Un indice inquisitorio vibrava, puntato contro le carte sparse sulla scrivania del magistrato. La voce era ai confini del ruggito. Manrico sobbalzò. Aveva sempre sospettato che la Cianchetti possedesse ottime qualità d'investigatrice, ma qui si sfiorava la stregoneria.

– Posso sapere che cosa le fa pensare che...

– Uno, – proseguí lei, sempre sullo stesso tono aggressivo, – stamattina mi si presenta in ufficio scortato da uno del Servizio protezione che conosco perché è amico di Diego... del collega Cosenza.

– Non è mica un segreto che sia il suo ragazzo, Deborah.

– Vabbè, non m'interrompa, per cortesia! Quindi, due, so che è stato a parlare co' quell'animale der Farina. Il quale sta a canta' che è 'na bellezza. Tre: da ieri Sandra se sbatte dietro l'omicidio de 'sta transessuale, Veronica...

il quale omicidio, guarda caso, a suo tempo se l'era cuccato lei... quindi, senza esse' il commissario Montalbano c'arrivo pure io... lei vuole riaprire il caso.

Manrico confermò. Negare ancora sarebbe stato offensivo, peggio, ridicolo.

– Mi complimento con lei, ispettora. Se non temessi di essere accusato di sessismo, dovrei intonare un inno all'intuito femminile.

– E a parte i complimenti, che intenzioni c'ha, dotto'?

E che intenzioni poteva mai avere! Mica aveva deciso. C'era qualcosa che gli stava montando dentro, un piccolo insetto molesto con un pungiglione di quelli che toccano e scavano, scavano... Cianchetti, intanto, continuava a scrutarlo con aria di sfida. Dove non aveva potuto la discrezione delle altre, poté l'irruenza dell'ispettora. Manrico si arrese.

– Tutte dentro, – annunciò, infine, – compresa Brunella.

– Mo' se comincia a ragiona', – chiosò Cianchetti, che fra i tanti difetti annoverava anche quello di pretendere l'ultima parola.

Quando l'intera squadra – inclusa Brunella – fu schierata, Manrico relazionò puntigliosamente, senza omettere alcun particolare. Quindi chiese a tutte di esprimere un'opinione. Naturalmente, Cianchetti non si fece pregare.

– È stato lui. Non c'è dubbio. Nun stamo a perde' tempo.

– Magari però le voleva veramente bene... – azzardò Brunella.

– E certo, – rincarò la dose Cianchetti, – je vo' bene e le spacca la testa!

– Molto maschile, – e questa era Vitale, che dopo il tradimento del marito era passata stabilmente in modalità odio verso l'uomo fedifrago.

Orru, piú riflessiva, si prese qualche secondo in piú prima di dire la sua. Infine sbuffò.

– Quale sarebbe la tesi alternativa? Il colonnello s'incontra con Veronica, hanno un rapporto, lui se ne va. Mentre lei si sta preparando per uscire e andare da questa Betty, arriva qualcun altro, succede qualcosa, la uccide...

– Inverosimile, – tagliò corto Vitale.

– E certo, – Cianchetti non sembrava aver dubbi, – poi mi pare anche che una testimone li aveva sentiti litigare.

– Un'anziana signora, – intervenne Manrico, – non ci metterei la mano sul fuoco.

– C'è un dettaglio, – osservò Orru. – Se, come dice lei, dottore, questa Veronica aveva un giro selezionato di clienti, non era, diciamo cosí, proprio sul mercato... allora non è che apriva al primo venuto...

– Che dicono i tabulati? – chiese Vitale.

– Ci avevo pensato anch'io, – rispose Manrico, – e ho controllato. Niente. C'è la telefonata del colonnello di due ore prima del delitto, lo scambio di messaggi con Betty, poi piú niente.

– Quindi, – riprese Orru, – è sempre piú difficile pensare che abbia ricevuto qualcun altro dopo il colonnello.

– E poi c'è la videocamera, – s'inserí Vitale, – che fa pensare a un ricatto...

– Fu quello che credemmo allora, – ammise Manrico.

Cianchetti sfoderò un mezzo sorriso maligno. Il contino sembrava uno di quei gatti dei cartoni che s'aggrappano colle unghie alla tenda per non essere sbattuti fuori di casa...

Brunella tirò su col naso. Vitale evitava lo sguardo di Manrico. Il suo argomento aveva decisamente fatto pendere la bilancia dalla parte dello scetticismo. Orru si incaricò di dar voce al comune sentire.

– Mi pare che non ci siano elementi sufficienti per riaprire il caso.

– Va bene, – concesse Manrico, – ma come la mettiamo col Farina?

– Ma quello starà a racconta' un po' de cose vere e un po' de bucie, come fanno tutti i pentiti, – insorse Cianchetti.

– Sí, – Manrico non demordeva, – ma chi glielo fa fare? Voglio dire: fra tutti gli omicidi, perché soffermarsi proprio su questo, un caso chiuso, per di piú...

– Forse non ci dice tutto, – buttò lí Vitale.

– È anche la mia sensazione, – confermò Manrico.

– Io invece dico: caso risolto, uno de meno, perché 'sto colonnello non è che me la contava tanto giusta –. Anche Cianchetti non aveva nessuna intenzione di demordere. – Mo' che me ricordo ai tempi erano venute fuori un po' de cosette sul suo conto...

– Ricordo anch'io qualcosa, – la spalleggiò Orru, – magari faccio una ricerca, dottore...

– Però, però, – la voce di Manrico si andava affievolendo a mano a mano che venivano meno gli argomenti a sua disposizione, – un potente cade in disgrazia, i farisei e i cortigiani si avventano sulle sue spoglie, una specie di banchetto sulla carcassa del leone...

– E con questo? Qua la questione è: l'ha ammazzata lui o no?

– Ecco, col suo suicidio ci ha impedito di trovare la giusta risposta, – e qui in Manrico sembravano vibrare addirittura le corde della disperazione.

Cianchetti si rimangiò una rispostaccia. Certo che quando ci si metteva il contino sapeva essere esasperante! E s'era proprio fissato co' 'sta vecchia storia che non interessava piú a nessuno! Anche le altre non ritennero necessario replicare. Insomma, i giochi erano fatti. Manrico ringraziò tutte e dichiarò sciolta la riunione.

– Io vado a farmi un'insalata, – annunciò Orru.

Vitale, Cianchetti e Brunella dissero che l'avrebbero volentieri accompagnata.

– Magari io vi raggiungo dopo, – si corresse subito Brunella, – sennò l'ufficio resta sguarnito.

– Vada pure, – la esortò Manrico, – qua ci penso io.

– Lei non viene, dottore?

Cianchetti glielo aveva chiesto a testa bassa: insolito.

– Grazie, non ho appetito.

Menzogna. Si sarebbe tuffato anima e corpo in una grassa carbonara ignorante. Ma dove trovarne una all'altezza, cosí, su due piedi? Le ragazze uscirono in silenzio. Si avvertiva una certa tensione. Meglio, una certa insoddisfazione. Dispiaceva anche a lui questa mancanza di sintonia. Tuttavia non c'era rimedio. Non lo avrebbero seguito, dunque toccava a lui stabilire se andare avanti o lasciar perdere il caso Veronica. Però aveva bisogno di tempo per prendere una decisione. E una cosa era certa: qualunque fosse la sua scelta, era una questione che doveva sbrigare da solo. L'utopia della carbonara svaní quando si sporse sull'anticamera e fece cenno all'avvocato che attendeva di accomodarsi. Avrebbe dedicato parte della giornata ai questuanti, come chiamava chiunque avesse un problema da esporgli. Era suo costume ricevere tutti quelli che volevano parlargli. Pessima abitudine, secondo molti suoi colleghi, che si facevano un vanto della propria inaccessibilità. Manrico la vedeva diversamente: meglio incorrere in qualche delusione per essersi speso troppo che nel rammarico per essersi troppo negato.

Se ne andò cosí il pomeriggio. L'ultimo questuante si arrese al tramonto. Manrico lasciò l'ufficio, attraversò la cittadella giudiziaria, fredda e deserta, e per riguadagnare la libertà sfruttò l'unico cancello aperto, quello su via

Varisco. Il pensiero di Veronica tornava a frequentarlo, e si sentiva infreddolito e affamato: alla fine si era concesso il caffè e una piccola stecca di cioccolato fondente che la Cianchetti gli aveva furtivamente allungato fra un appuntamento e l'altro. Sceso sulla circonvallazione Clodia, ebbe come un giramento di testa. Le luci della sera, lo smog, il rumore del traffico, una nebbiolina che si sollevava, giallognola e insistente... tutto aveva un sapore di irredimibile malinconia. E Maria Giulia continuava a non rispondere. Meglio chiamare un taxi, rifugiarsi a palazzo Van Winckel con un whisky e un po' di sano Rossini... Mentre cercava un taxi sull'app apposita, si accorse della grossa moto che sembrava puntare verso di lui. Sobbalzò, semiaccecato dal faro. Non era un codardo, e non aveva mai preteso scorte o altre forme di protezione, convinto com'era che la tragica stagione degli attentati fosse ormai tramontata. Però nel suo lavoro, qualche fastidio a qualcuno lo aveva creato e... All'ultimo momento, con una specie di giravolta, la moto si arrestò, il motore tacque, la luce si spense, e il centauro si sfilò il casco rivelando il volto affilato e il sorriso tagliente di Stella Dubois.

– Mi sa che noi due dobbiamo parlare, Manrico.

Era dunque il caso di respirare di sollievo, di vergognarsi della piccola paura di poc'anzi, o di preoccuparsi di tutt'altro che del pericolo di un malintenzionato? Appena qualche giorno prima, in una pirotecnica notte dell'ultimo dell'anno, lui e la bella anatomopatologa erano stati fieramente amanti e complici. Poi lui era scomparso. E sí, non rispondeva ai messaggi di lei, e ora che Stella l'aveva stanato si sentiva in colpa. Piú che altro, non sapeva come affrontarla. Non finché il suo cuore era preso da Maria Giulia. Fuggire, comunque, non era stato elegante. Una meschinità alla quale doveva assolutamente porre rimedio.

Fissò, senza sorridere, quegli occhi verdissimi, vagamente a mandorla, accesi dallo scintillio di piccole pagliuzze dorate, e sfoderò l'espressione determinata dell'uomo pronto ad assumersi le proprie responsabilità. Non intendeva avviare una relazione. Aveva il dovere di essere sincero. Eppure non voleva ferirla.

– Stella, hai ragione. Io...

Lei non gli lasciò il tempo.

– Manrico, abbiamo passato dei bei momenti insieme, e sono felice di averti incontrato. Però domani torna dal Canada il mio ragazzo. È stato bello, ma non succederà piú.

Poi, sollevandosi sulle punte, gli appoggiò un casto bacetto sulla guancia, sorrise, si passò una mano fra i capelli, indossò il casco e ripartí con uno scoppiettio allegro del motore.

Sia benedetto il mondo contemporaneo, pensò, e benedetta la disinvoltura delle relazioni erotiche. Si era risparmiato una scena mediocre e penosa.

V.

In uno slancio di generosità, donna Elena aveva regalato al suo prediletto, ancorché unico figlio, due biglietti per una pomeridiana alla Scala di Milano. Ennesima dimostrazione di quanto un reddito in buona salute giovi al carattere delle persone. Anche se il figliolo in oggetto aveva piú di una ragione per sospettare che la contessa madre volesse allontanarlo per un paio di giorni, che avrebbe impiegato per dilapidare il gruzzoletto lucrato a spese delle carampane di Cortina. Decise comunque di accettare. Oltre al piacere dell'opera, quella breve escursione a Milano gli avrebbe permesso di chiarirsi con Maria Giulia. Alla fine lei s'era risolta a rispondergli e, sia pure dopo qualche insistenza, aveva accettato il suo invito.

Prima di salire sul Frecciarossa, però, Manrico aveva deciso di concedere un'altra chance alle rivelazioni del Farina. Ci aveva pensato a lungo. Non poteva lasciar perdere come se niente fosse. Non senza un estremo tentativo. Cosí, qualche minuto dopo le nove del mattino di quel sabato di gennaio, freddo ma per fortuna sereno, si ritrovò nell'ampio salone di un locale in zona Centocelle. Un ragazzo maghrebino in tuta passava l'aspirapolvere fra i tavolini accatastati. Sprofondata su un sofà di velluto rosso una gonfia creatura in vestaglia nera, dal cranio completamente rasato, un metro e sessanta per forse cento chili, si faceva passare lo smalto da un altro giovane nordafricano, quest'ultimo con i capelli tinti di giallo e un paio di shorts di lamé su calzamaglia verde.

– Marcello! Un serio magistrato come te non dovrebbe frequentare un tipo equivoco come me...

– Buongiorno, Lediosca. Grazie per avermi ricevuto con un preavviso cosí breve.

– Grazie per avermi ricevuto... – Con un risolino, Lediosca scompigliò i capelli del ragazzo. – Hai sentito, Omar? Impara. Questa si chiama classe... Ma grazie a te, Marcello, grazie per non avermi mandato quell'orribile sbirra tatuata...

– Non sia cosí severa con Deborah Cianchetti. È una brava ragazza.

– Per amor del cielo! Un'omofoba, e per giunta fascista...

Manrico si guardò intorno, afferrò una sedia e si mise a sedere.

Lediosca.

Lediosca, come il personaggio dei cartoni degli anni Ottanta, quello che papà voleva tanto un maschio ma, che sfiga, sei nata tu, gestiva un gender-club a Centocelle. Ed era un nome di tutto rispetto nella mala romana. Ricettatrice di alto profilo, si diceva che di tanto in tanto soffiasse dritte alla Mobile. Nemmeno un mese prima si era rivelata un'ottima collaboratrice, fornendo informazioni preziose per la soluzione del caso del palazzinaro morto in mare. Non perché gliele avesse estorte, a modo suo, la rude Deborah Cianchetti. No. Aveva dato una mano per togliere dalla circolazione due pericolosi picchiatori rei di aver massacrato, anni addietro, una sua amica.

Inoltre a Lediosca piaceva Manrico.

Lo aveva soprannominato Marcello perché le ricordava il Mastroianni dei tempi d'oro. E Manrico, come sempre, lasciava fare.

– Posso offrirti qualcosa, Marcello?

– Vado molto di fretta, grazie, come se avessi accettato.

– Oh, scusa, che sbadata! Dammi un attimo, tesoro.

Lediosca sottrasse la mano destra allo smaltatore – il ragazzo era arrivato all'anulare – e indicò qualcosa da qualche parte. Il ragazzo annuí, si allontanò di corsa, e tornò subito dopo con una parrucca rossa. Lediosca la indossò, conferendo al suo aspetto un tocco, se possibile, ancora piú grottesco. Poi, con un gesto secco, congedò il ragazzo. Quello si allontanò e andò a dire qualcosa all'orecchio dell'altro maghrebino. L'aspirapolvere fu spento. I due nordafricani imboccarono una porticina secondaria. Qualche secondo dopo si diffuse, a volume discreto, *Com'è bello far l'amore* della Carrà.

– Ecco, ti ascolto.

– Si tratta di Veronica...

Manrico riepilogò la storia per sommi capi. Lediosca ascoltò in perfetto silenzio. Quando Manrico tacque, prima di rispondere si sistemò la parrucca, che era un po' sbilenca sul lato sinistro.

– Le faccio presente, dottor Spinori, che io non sono una collaboratrice della Procura di Roma.

Senza nessuno sforzo, era passata al lei, e in modalità voce maschile. Manrico fu sorpreso da quel repentino cambio di atteggiamento. Si chiese se avesse sbagliato qualcosa. O se fosse stato l'argomento «Veronica» ad aver determinato l'irrigidimento di Lediosca.

– Non ho mai pensato...

– Ho voluto precisarlo perché le cose siano chiare fra noi, dottore.

– Sono sempre state chiarissime, per quanto mi riguarda.

– Bene, – sospirò Lediosca, piú rilassata, – conoscevo quella sfortunata ragazza. Veniva dal profondo Sud, se non erro. Come tante. Sbarcano nella grande città attratte dal miraggio del successo e finiscono a fare lavoretti di bocca, non so se mi spiego...

– Perfettamente.

– Poi lei ha incontrato la persona sbagliata e *puf!* Adieu, Veronica... Ma, mi scusi, non si trattava di un caso risolto?

– Qualcuno ne dubita.

– E da me che cosa vorrebbe, esattamente, dottore?

– Qualunque notizia utile a ricostruire la personalità di Veronica, le sue amicizie, le sue frequentazioni... e... Senta, Lediosca, voglio essere sincero: non so neanch'io bene perché sono qui. Una sensazione, forse. Ma c'è chi sostiene che «la strada», ammesso che questa entità abbia un qualche senso... che la strada sa che Veronica non è stata uccisa dalla persona che noi accusammo... che io accusai... – concluse, piú piano, Manrico.

Lediosca sembrò pensarci un po' su. Poi batté due volte le mani.

– Jamal!

Il ragazzo dell'aspirapolvere si affacciò.

– Le carte! – ordinò Lediosca, e si rivolse a Manrico con un bel sorriso. – Come ti ho detto, Marcello, io non sono una che parla volentieri con quelli come te... Ma potrei fare un'eccezione per un magistrato che si lasciasse leggere i tarocchi...

Era tornata al tu, tono di voce, civetteria, tutto il pacchetto compreso. Ma le carte... forse per via della ludopatia della mamma... o perché da ragazzo aveva attraversato, come tanti, il periodo orientaleggiante... quando si gettavano le monetine dell'I Ching e leggenda voleva che non potessero che derivarne catastrofi... insomma, Manrico diffidava.

– È proprio necessario?

Jamal portò un mazzo consunto.

– Scusa, tu mi chiedi una cosa piuttosto... delicata... e io non posso leggerti tre, dico tre, Arcani? Guarda che sono molto brava. Ho imparato da una regina degli zingari che aveva un debito con me.

Manrico annuí. Il patto sembrava equo. E dopo tutto non portava anche lui il nome del figlio della zingara del *Trovatore*? Certo, Azucena non è che fosse proprio l'archetipo materno, ma insomma...

– Allora? Sí? Come sono contenta!

Lediosca mostrò a Manrico i palmi delle mani. Il Pm notò lo smalto verde sulle unghie di pollice e mignolo della sinistra, e tre macchie di giallo sulla destra. Lediosca mischiò.

– Fra le varie scuole di pensiero, io aderisco a quella piú tradizionale. Il consultante, che poi saresti tu, Marcello, non le deve manco sfiora' le carte... e non ti chiederò nemmeno, – qui la sua voce si fece beffarda, – se vuoi l'amore, la fortuna, il denaro, la salute... quelle sono cosarelle da ciarlatani... Ecco... attenzione... le carte si leggono rigorosamente da sinistra a destra, come un bel libro stampato... et voilà... uno... ooh!!!

Era uscita la Giustizia. Ma rovesciata. Manrico che, sebbene fosse uno scettico, qualcosa su quella strana e antica arte aveva sentito, comprese che era un segno negativo. L'espressione dispiaciuta di Lediosca glielo confermò.

– Uuh... brutta brutta cosa... l'ingiustizia del magistrato... attento a non prendere decisioni errate... o forse l'Arcano vuol dirci che hai preso una via sbagliata ma sei in tempo per tornare indietro?

Vallo a sapere. E se avesse voluto dire: sei partito credendo nella giustizia, Manrico Spinori della Rocca, e strada facendo hai perso la fede? Cosí ora la maggior parte della tua vita ti sembra un insensato carnevale...

– Vediamo un po'... – Lediosca girò la seconda carta. Gli Amanti. Anche questa rovesciata. – Mamma mia! Un amore finito... o forse che non doveva mai cominciare... o entrambe le cose...

Manrico si alzò di scatto. Non era superstizioso, ma adesso si stava esagerando: qualche suo trisavolo di origine borbonico-napoletana avrebbe dato fondo a tutta l'enciclopedia dei gesti apotropaici. A un certo punto significava chiamarsela, la malasorte.

– Aspetta aspetta, non me li offendere, gli Arcani, non andartene, quelli sono vendicativi...

Non se ne andò, però rimase in piedi. Lediosca voltò la terza carta, con espressione concentrata e lentezza sacrale.

– Ooohhh! L'Imperatore! E nel verso giusto! – Lediosca tornò a battere le mani. – Jamal! Musica!

Pochi istanti e si diffusero le note di una canzonetta che Manrico ricordava vagamente di aver sentito da bambino. Lediosca colse il suo sguardo perplesso e si fece una bella risata.

– Ma come, non conosci la grande Cristina d'Avena? *O-O-O-occhi di gatto*... Ma torniamo agli Arcani... ti vogliono bene, Marcello! Ne esci come un trionfatore! Affronterai le difficoltà, le vincerai e troverai un nuovo equilibrio. Bravo, grazie, applauso...

Manrico capí che faceva tutto parte di una recita, e la sua simpatia per Lediosca ne uscí rafforzata. Forse avrebbe avuto da lei qualche notizia utile, forse era solo tempo perso, ma quanto tempo perde ciascuno di noi durante una giornata? Accennò un breve battere di mani che l'altra accolse con un ironico inchino. Si diedero la mano – la sua ospite aveva una stretta insospettabilmente forte e decisa – infine Manrico voltò le spalle al gender-café *The Lady is a Tramp*.

Solo quando il Frecciarossa era già alle porte di Milano si accorse della carta nella tasca.

Non sapeva spiegarsi come ci fosse finita.

Era un altro Arcano.

Il Matto.

VI.

Memore della sventura che s'era abbattuta su una sua antenata, rea di aver troppo amato uno straniero, la principessa Turandot (che si senta la *t* finale: siamo in Cina, non già in Francia) giura che sposerà colui che risolverà i tre enigmi da lei proposti. In caso contrario, il malcapitato sarà condannato a morte. Nessuno spasimante riesce a superare la prova, tranne il principe Calaf. Ma Turandot rifiuta comunque di sposarsi, e allora Calaf, che non vuol prenderla con la forza, rilancia: se Turandot riuscirà a scoprire il suo vero nome, lui si consegnerà al boia. Altrimenti, saranno nozze. In una terribile notte di sangue, la crudele principessa mette a ferro e fuoco la città finché non scopre che una schiava, la dolce Liú, è a conoscenza del segreto. Ma la fanciulla, benché torturata, preferisce la morte al tradimento. È Calaf, allora, che le rivela il proprio nome, di fatto mettendo il proprio destino nelle mani di Turandot. Che, infine, vinta dall'amore, si arrende. Giacomo Puccini non riuscí a completare la sua ultima opera. Il finale, scritto da Franco Alfano, lasciò insoddisfatto Toscanini, che pure aveva suggerito di affidarlo proprio al musicista napoletano: di conseguenza, il notoriamente burbero direttore interruppe l'esecuzione della prima della Scala del '26 al compianto per il sacrificio di Liú, nel punto esatto in cui terminava il manoscritto pucciniano.

Per la rappresentazione alla quale Manrico stava assistendo, la Scala aveva optato per il finale scritto nel 2001 da Luciano Berio. Si trattava della ripresa di un allestimento di qualche anno prima, l'ultima regia firmata da Nikolaus Lehnhoff. Dirigeva il maestro Chailly. Lui e Maria Giulia presero posto in due poltrone centrali in una delle prime file. Come buona parte dei romani appassionati d'opera, Manrico riservava il posto d'onore al piccolo e magnifico Teatro Costanzi, il cui prestigio era in continua ascesa da qualche anno. E come la maggior parte dei romani, gli costava una certa fatica riconoscere qualità positive alla città di Milano. Per la Scala, però, avrebbe fatto un'eccezione. Non a caso Stendhal l'aveva definito «il primo teatro al mondo», scenario di «notti di follia» nelle magiche serate del ballo in maschera, dove nella discreta penombra dei palchi poteva accadere – e accadeva – di tutto e di piú. Ma fu comunque, come sempre, un brivido speciale quello che provò, quando le luci si spensero e l'orribile finzione della vita lasciò il posto alla tragica verità del palcoscenico.

C'erano tutte le premesse per un pomeriggio magnifico.

Ma le cose andarono in modo molto diverso.

Maria Giulia si era dimostrata sin da subito di una freddezza inquietante. Si erano incontrati qualche minuto prima delle diciotto dal lato di via Filodrammatici. Qualcosa nello sguardo di lei, un distacco ostentato, lo aveva indotto a limitarsi a un rapido sfiorarsi di mani e nulla piú. Negli istanti che avevano preceduto l'inizio dello spettacolo si erano scambiati poche battute imbarazzate. Sembravano sconosciuti. Sconosciuti e ostili. Tutto era cosí diverso da quell'inaugurazione della stagione romana quando si erano immersi insieme, vibrando all'unisono, nei *Vêpres siciliennes* di Verdi. Ed era trascorso un mese appena!

Né la temperatura emotiva pareva destinata a salire, col passar del tempo. Di tanto in tanto, Manrico si voltava furtivamente a guardarla. Maria Giulia fissava ostentatamente lo spazio davanti a sé. Lui stentava anche a riconoscere il suo lungo collo, quegli occhi profondi che sapevano di Bosforo e di terre slave…

Manrico pensò che poteva esserci una sola spiegazione.

Lei aveva capito di essere stata tradita. Il pensiero si impose, netto, preciso, in coincidenza con la comparsa del trio ministeriale Ping, Pong, Pang: «Qui si strozza – si trivella – si sgozza – si spella – si uncina e scapitozza – va' via!» Ma non poteva andare via, no. Il tradimento c'era stato, in qualche modo lei l'aveva percepito. E in qualche modo toccava a lui rimediare, ammesso che fosse ancora possibile. Passò il primo atto: non gli era mai capitato di essere cosí distratto, all'opera, cosí lontano dalla musica. Nell'intervallo lui fece ricorso all'abituale amabilità. Riuscí persino a strapparle un sorriso, e per un istante si disse che, forse, tutta questa consapevolezza del tradimento lei non l'aveva. Forse, si era trattato soltanto di un'intuizione, del brandello di un sospetto. Non doveva essere impossibile cancellarlo, quel sospetto. Dopo tutto, Manrico aveva una certa esperienza. Ma il sorriso svaní presto, sostituito da nuova, repentina freddezza, e le nubi tornarono ad addensarsi. Il *Nessun dorma* lo colse addirittura impreparato, immerso com'era nei pensieri piú cupi. Stendhal, ancora. Stendhal che torna a Milano dieci anni dopo e scopre che l'incanto della città svanisce «non appena i ricordi si trasformano in realtà» e rivedere la Scala non gli fa nessun effetto.

Ma Stendhal non era colpevole di niente, in quel momento.

Lui invece sí.

Il senso di colpa è un pessimo compagno.

Potrebbe indurre a gesti inconsulti. A tragici errori, come confessare.

Manrico accolse il finale come una liberazione.

Applaudí il dovuto, da educato melomane, e fu sollevato quando lei si lasciò prendere sottobraccio.

Approdarono cosí, dopo una breve camminata nel gelo della sera, al *Paper Moon*, un localino discreto «in Bagutta» che gli era stato consigliato da un amico avvocato, premuroso nell'evitare al contino posti magari piú rinomati ma irrimediabilmente viziati da quel glamour ostentato che costituiva il peccato mortale della città di Verdi e Manzoni.

Sedettero. Incrociarono le bollicine di benvenuto. Per un attimo, sulle labbra di Maria Giulia riaffiorò quel sorriso misterioso, provocante, mai domo, che tanto lo aveva affascinato la prima volta che si erano incrociati, all'opera. Le loro mani si sfiorarono. Manrico pensò che sí, grazie a quell'indecifrabile abilità che possiedono le donne di scrutare nell'animo altrui, lei aveva capito tutto. Ma che aveva deciso di perdonarlo. Rincuorato, le sorrise a sua volta, e cercò di introdurre una nota di leggerezza accennando alla rappresentazione cui avevano appena assistito.

Maria Giulia non raccolse l'invito. E il sorriso si spense, fugace com'era comparso.

– Manrico, ho raggiunto un accordo con la mia azienda. Resterò qui a Milano. Ho già stipulato il preliminare per un appartamento piú grande in zona Cordusio. Mia figlia...

Con una determinazione che la delicatezza del tono spolverava di una patina di rammarico, Maria Giulia gli stava dicendo che la loro brevissima relazione era giunta al punto di non ritorno. Anzi: gli stava spiegando che quell'incontro erotico e sentimentale, e quella comunanza di passioni che pure li avevano accesi di una gagliarda fiamma, ormai non c'erano piú. Altre esigenze premevano. Valori imperativi urgevano. Per la prima volta da anni Maria Giulia accarezzava la possibilità di ricostruire il rapporto disastrato con le figlie. Da femmina perversa e odiata, responsabile del naufragio della famiglia, intravedeva la riconciliazione.

Era deciso.

Non c'erano margini di trattativa.

La prima reazione di Manrico fu venata di un'amara ironia. Quello era, a tutti gli effetti, un addio. Ma non lo accompagnavano le note strazianti della *Traviata*, e nemmeno quelle dolenti dell'omonima, struggente canzone a due voci del giovane Donizetti: semmai, appena accennato, un sottofondo di chill-out. Eppure c'era ugualmente qualcosa di melodrammatico, qualcosa che strideva nel profondo con la contemporaneità del carpaccio di pesce spada che un giovane cameriere serviva nell'impeccabile impiattamento dello chef di turno.

Il sacrificio umano.

In questo caso, quello di Manrico. Perché era su quell'abbandono, su quella lacerazione, che si fondava il nuovo patto di Maria Giulia, ritrovata *mater:* la palingenesi in cambio di una testa sul ceppo. Da lí in avanti calò per Manrico come una nebbia gentile, e si ritrovò in una dimensione astratta, sospesa. Fu commensale spiritoso, comprensivo, solidale, squisito, come imponeva il rango e come gli rendevano agevole l'abitudine e la buona educazione. Maria Giulia lasciò cadere la vaga promessa di futuri rendez-vous, che lui, con analoga vaghezza, si mostrò pronto ad accogliere. Rinunciarono al dessert, chiesero al direttore di sala di chiamare due taxi. E si salutarono con un piccolo bacio: niente di paragonabile, tanto per restare nell'Ottocento, all'addio del celebre quadro di Hayez.

Poco prima di mezzanotte, intirizzito da un gelo che prometteva neve, nella suite che aveva invano prenotato per quel triste fine settimana, una nuova inquietudine lo prese d'assalto. Tutta quella cortesia, tutto quel savoir-faire, i mezzi toni con cui si era celebrata la separazione... La classe del contino? Ma no, ma no! Costretta a scegliere fra la famiglia e l'avventura, Maria Giulia non aveva esitato. Comprensibile. Ma lui? Si stava forse stracciando le vesti? Si sentiva disperato, acceso da un fuoco che solo la morte poteva estinguere? *Prends le deuil, ô nature! Nature! Ton fils, ton bien aimé, ton amant va mourir! Emportant avec lui l'éternelle torture, ma tombe peut s'ouvrir!*, canta il giovane Werther nel capolavoro di Massenet. Ora si stava perfino convincendo che la cortesia, quella che aveva contrapposto alla delicatezza con cui era stato trattato, l'avesse delusa. Forse lei si aspettava una reazione piú... piú reazione, e non la rassegnazione. Ma era deluso lui per primo, dalle donne, e soprattutto da sé stesso. Prima Stella con il suo frettoloso congedo, poi questa composta scissione...

Non ci sono piú i finali di una volta, Manrico. Ormai possiamo mettere in scena soltanto sacrifici per burla, oziose chiacchiere in un interno borghese.

Aveva programmato di rientrare il lunedí, ma ormai non c'era motivo di trattenersi a Milano. Contrariamente alle sue abitudini, alle sette era in piedi. Si concesse una colazione esagerata, compensativa. Uscito dalla doccia, si accorse della chiamata persa. Per un momento coltivò l'irrazionale speranza di un ripensamento di Maria Giulia. Era, invece, la collega Valentina Poli, una giovane Pm conosciuta da qualche giorno in circostanze singolari: gli era letteralmente volata fra le braccia per sfuggire alle sgradite attenzioni di un giudice smanaccione. Manrico non era di turno, ma non si poteva mai sapere. Richiamò. Richiamò, a onor del vero, anche perché la Poli era una ragazza bella, fresca, vitale, e già sentirne la voce poteva alleviare lo spleen delle ultime ore. Lei rispose al terzo squillo. Era con amici a Monte Livata. Si era sparsa la voce dell'abilità del contino come discesista. Aveva per caso voglia di unirsi alla simpatica comitiva?

– Sono a Milano, Valentina.

La sentii che riferiva agli altri, poi trapelarono risate.

– Qua dicono che la cosa migliore di Milano è il treno che porta a Roma.

Valentina aveva una bella voce, con note profonde e un robusto fondo marchigiano.

Si salutarono e Manrico, se non altro, si sentí piú leggero.

Riuscí a rientrare a palazzo Van Winckel nel primissimo pomeriggio. Percepí subito la nota stonata. Camillo evitava il suo sguardo. Sua madre era barricata in camera, preda di una terribile emicrania. Il vaso di Gae Aulenti non era piú al suo posto. Interrogò il maggiordomo. Venne fuori che donna Elena, la sera precedente, aveva organizzato una piccola partita con qualche amica. Una di costoro era andata via portandosi il vaso.

– Ma solo a titolo di garanzia, signor contino.

– Quanto ha perso?

Camillo sussurrò una cifra. Manrico impallidí. Controllò online il conto in banca. Poteva ancora farcela.

– Domani chiama questa signora e fatti dettare l'Iban.

– Sarà fatto, signor contino.

– Lei come sta?

Camillo sospirò, sconsolato.

– Vado a parlarle, – decise Manrico.

– Sarà meglio attendere domani, temo.

Per un istante si fissarono negli occhi. L'anziano maggiordomo non abbassò lo sguardo, non chinò il capo. Manrico represse un moto di stizza. Aveva ragione Camillo. Non se la sentiva di affrontare una madre delusa, invipe-rita, oppressa dalla vergogna per l'ennesimo disastro al tavolo da gioco.

VII.

Manrico era di turno in Corte d'Assise. Si celebrava un processo per strage, uno dei delitti piú gravi contemplati dal codice. Per fortuna, in questo caso, una strage senza vittime. Sul banco degli imputati sedeva una vecchina dall'inequivocabile aria paesana. Una donna d'altri tempi, un corrucciato topino nerovestito con accenno di baffi e voce stridula. Togliendo spesso la parola al proprio difensore, si discolpava dalle accuse vomitando torrenti d'ingiurie contro il figlio e la nuora, rei di averla voluta cacciare dalla casa in cui era nata e cresciuta e in cui aveva diritto di morire: «Là dentro, signor giudice, e no' a quello spizio che dicono loro». La vecchia Annina aveva combattuto con tutta l'energia di un temperamento che, sino a quel drammatico episodio, tutti i testimoni avevano dipinto come remissivo, docile, generoso, gentile. Infine, si era resa conto che avrebbe dovuto cedere alla ragione del piú forte. E allora, all'insegna del «muoia Sansone», aveva fatto saltare in aria la casa usando come una bomba la bombola del gas. Nessuna vittima, per un puro caso, ma danni ingenti. Guai a suscitare la collera dei miti!

Il presidente decretò una breve pausa. Manrico riaccese il cellulare, depose la toga, andò a sgranchirsi le gambe nel piazzale. E si trovò faccia a faccia con Lediosca. In borghese, ricordava una versione raffazzonata di Denny De Vito: cappotto, cravatta, niente trucco, niente parrucca, nessun accenno di frivolezza, se non la compagnia del maghrebino ossigenato che però, stazionando a qualche passo di distanza, fingeva ostentatamente di ignorarlo.

– Dottore, che sorpresa vederla! – esordí, a voce un po' troppo alta, Lediosca.

– Non mi dica che è venuto a farsi restituire la carta del Matto, – ironizzò Manrico.

– Sono passato dal Casellario per ritirare il certificato penale, – proseguí Lediosca, – sono pulito, pulitissimo, dottore, ho ottenuto la riabilitazione!

– Sono contento per lei.

– Cosí la finirete di perseguitarmi, una buona volta.

– Guardi che io...

Lediosca sospirò, sorrise e, con rapido cenno, indicò un gruppetto di individui alla sua sinistra. Tre facce patibolari e Marfogli, un avvocato, per cosí dire, chiacchierato. Si stavano dirigendo verso l'ingresso della palazzina dalla quale Manrico era uscito poco prima. Lediosca scambiò un'occhiata col maghrebino che, con fare all'apparenza indolente, si mise a seguire il gruppetto.

– Scusami, Marcello, anzi, mi scusi, – ora il tono di Lediosca era decisamente piú basso e pacato, – c'è un vecchio problema con Marfogli. È stato lui a mettere in giro la voce che io sarei un... un confidente... e quindi vedendoci insieme potrebbe pensare male...

– Quindi lei era qui per caso.

– Certo che no! – finse di scandalizzarsi Lediosca. – Sono qui per lei, Marcello... per lei e per quella povera sorellina...

– Ha scoperto qualcosa?

– Per la verità, – sospirò, – niente di particolare, se non...

– Se non?

– Una cosa strana ci sarebbe. La povera Veronica aveva un'amica del cuore...

– Betty.
– Ah, già lo sapeva, – Lediosca sembrava delusa.
– Sí, ma so solo questo...
– Be', non so se possa interessarle, Marcello, ma è l'unica cosa che... be', – e qui la sua voce si fece un sussurro, – è morta. Meno di un anno dopo Veronica anche lei... se n'è andata.
– Si sa come?
– Overdose, mi hanno detto. Era una drogata.
– Grazie, Lediosca.
– Di niente. Ma questo è tutto, Marcello. Non credo che potrò fare altro per te. Mi fa piacere se torni a trovarmi. Bye bye, baby...
Lediosca si avviò, quindi tornò sui suoi passi. Aprí la mano sinistra, che teneva chiusa a pugno, e mostrò a Manrico il contenuto.
La carta del Matto, tutta spiegazzata.
– Grazie per avermela riportata!
La pausa era finita. Manrico chiamò Orru, le chiese di fare una ricerca sulla morte di Betty e rientrò in aula. Di lí a poco avrebbe chiesto di condannare Annina a dieci anni di reclusione.

VIII.

Vitale e Cianchetti erano sedute a un tavolino dell'*Insalatiera*, piccolo locale salutista a due passi dalla cittadella giudiziaria. Brunella era rimasta a presidiare l'ufficio, in compagnia di una borraccia di tè verde e di una barretta dietetica, asserendo di non voler essere indotta in tentazione dal pranzo in trattoria. Cianchetti aveva sbuffato, indignata. Ma che trattoria e trattoria! Verdure, verdure, verdure, foglie, succhi, estratti, un filo d'olio, niente pane e grassi, bando assoluto agli alcolici. Il decalogo delle ragazze che vogliono rientrare in forma. Giusto, se capisce, ma che rottura! A dettare la linea alimentare del post festività era stata Gavina Orru, che però, contrariamente al suo solito, tardava. Colpa del contino e della sua ennesima richiesta astrusa. Cianchetti era esasperata.

– Ma s'è proprio fissato, eh, Sandra?

– Ma che ti devo dire! È successo anche altre volte: comincia che sembra tutto strano, poi però da qualche parte arriva sempre…

– Secondo me, c'ha qualche problema di altro genere.

– Cioè?

– Mah. Roba di donne. C'ha l'aria dell'omo quando gli gira male in quel campo…

E, mentre lo diceva, Cianchetti si maledisse. Il patto non scritto, che avvinceva lei, Orru, Brunella e in minor misura lo stesso contino, prevedeva il divieto assoluto di evocare argomenti sentimentali in presenza di Sandra Vitale, alle prese con la fase piú delicata della sua vita coniugale. Il fatto è che Sandra mandava segnali contraddittori. Da un lato prometteva vendette epocali. Aveva ingaggiato l'avvocata Bellani, divorzista suggerita da Manrico, conferendole un mandato indiscutibile:

«Deve morire».

Dall'altro lato, quando lui si era fatto vivo con una mail strappacore in cui ammetteva l'addebito e invocava un incontro chiarificatore all'insegna dell'è stata una sbandata, non so cosa mi ha preso, ricominciamo, era scoppiata in lacrime e per un giorno intero s'era barricata in casa. La situazione, insomma, era molto incerta. Al momento, prevalevano ancora gli spiriti guerrieri, ma chi poteva sapere?

Alla battuta infelice di Cianchetti fecero seguito alcuni attimi di silenzio imbarazzato, poi l'ispettora tatuata strinse forte la spalla dell'amica; quella annuí, ravviandosi i capelli, attirò l'attenzione della cameriera e ordinò tre insalate, prevenendo la prevedibile scelta della Orru. Cianchetti respirò di sollievo. Per un po' parlarono di lei, Deborah. Dell'eterno dilemma se convolare o no a giuste nozze con l'ispettore superiore Diego Cosenza, e magari farci dei figli. Degli scritti del concorso per commissaria, slittati all'improvviso di due mesi – 'na bella botta de... insomma, 'na bella fortuna per Cianchetti, un po' indietro con gli studi – e delle inchieste che ristagnavano. Perché, ed era questo il vero cruccio di Deborah, se non capitava fra le mani un bel caso, se tutto si riduceva alla routine, sai che rottura... E siccome negli ultimi due mesi c'erano stati la storia del cantante Ciuffo d'Oro, poi quella del palazzinaro buttato a mare, tutta vita, adrenalina, caccia all'assassino... poi di colpo 'sta calma piatta, e il contino che se fissava co' 'sta storia vecchia de diec'anni... cominciava a montare una certa frustrazione, insomma. Senza dire poi, sempre del contino, che s'era fatto crescere 'na puzza al naso e se ne stava tutto rigido come un baccalà, faceva l'offeso e il risentito, insomma. Ma mica era colpa sua se Veronica l'aveva ammazzata il colonnello vattelappesca e il pentito sparava balle! E mettiamoci pure l'insalata dietetica, perché va bene che Cianchetti Deborah poteva andare avanti giornate a sigarette e merendine, o sigarette e niente, o a niente e niente... ma quello era il regime delle inchieste, del vivo della battaglia. Con la stasi, con la noia, pure l'appetito aumentava.

– Ah, siete qua. Avete ordinato anche per me, brave, grazie.

Gavina Orru si schiantò sulla sedia con uno sbuffo non proprio sereno.

– Qualcosa che non va? – s'informò Sandra, premurosa.

– Ho fatto la ricerca che mi ha chiesto il dottore.

– E hai perso un sacco de tempo! – s'inserí Cianchetti.

– Non so, – rispose Orru, meditabonda, – non so. In effetti una cosa strana è saltata fuori...

La Corte d'Assise ci aveva messo meno di mezz'ora per condannare Annina alla giusta pena. Lei si era congedata dall'aula con una specie di ghigno di sfida, consapevole che, data l'età, non avrebbe trascorso un solo minuto in galera. Qualcuno avrebbe sottolineato la circostanza con sarcasmo: ma che li facciamo a fare i processi se poi nessuno va dentro? Ma dov'è la certezza della pena? Eccetera eccetera. Non fra questi Manrico. Nella sua visione della giustizia, la pena avrebbe dovuto costituire l'extrema ratio, il carcere la scelta disperata che non ammette alternative. Posizione talmente minoritaria da rasentare l'isolamento sociale, nel suo ambiente. A ogni buon conto, la rapida conclusione del processo gli regalava un paio d'ore di libertà. Alex aveva già preso posto al «gaitan» di *Zen Sushi*, il «loro» ristorante giapponese. Era da prima del viaggio in America che padre e figlio non si incontravano. Il ragazzo era un po' pallido, piú magro del solito, e il sorriso con cui ricambiò quello del genitore risultò alquanto stitico.

– Stai bene?

– Alla grande, pà.

Non era vero. La sera precedente Manrico aveva parlato con Adelaide, la sua ex moglie, che per qualche mese si era trasferita a Washington, dove lavorava per il Fondo Monetario. Alex aveva trascorso con la madre le vacanze di Natale. E con loro c'era Dora, la fidanzatina (ma guai a usare questo termine). Adelaide gli aveva detto che il viaggio si era risolto in un disastro. E ora i due giovani non si parlavano piú. Le ragioni? Misteriose come solo quelle dei ventenni sanno essere. Manrico avrebbe tanto voluto rincuorare il ragazzo. Fare appello, magari, alla sua esperienza, pescarvi parole rassicuranti, di speranza e conforto. Ma pensandoci bene, la sua esperienza, fatta di un matrimonio fallito e di una lunga teoria di relazioni imperfette, non era proprio da addurre a esempio. Perciò avrebbe potuto al massimo dispensare ad Alex qualche frase banale nella quale, oltretutto, non credeva sino in fondo. A meno di non voler condividere l'unica sua qualità della quale non dubitava: la leggerezza. Quella leggerezza che rendeva sopportabile il distacco da Maria Giulia e inquadrava nei limiti di un gaio amoretto la notte con Stella Dubois. Qualcuno l'avrebbe definita superficialità. Se non frivolezza. Forse a ragione. Ma niente di tutto questo poteva essere spiegato a un ragazzo di quell'età. Se era destino, ci sarebbe arrivato da solo. Però, come gli voleva bene! Come avrebbe voluto facilitargli il compito di vivere!

– Sto studiando Wagner, pà.
– E?
– E non c'è battaglia con Verdi.
– In che senso, scusa?
– Verdi era provinciale.
– Mi sa che hai appena detto una stupidaggine.
– Tutta la musica per film viene da Wagner.
– E questo che cosa proverebbe?
– Modernità.

Alex studiava musica e componeva canzoni. Era dotato. Sbagliava, naturalmente. Questa preferenza per Wagner sapeva di esotismo: vuoi mettere il bavarese che influenzò Hollywood con l'emiliano che sa di parmigiano e mortadella? Una colossale castroneria. Con tutto il rispetto per Wagner, Verdi era un'altra cosa. Col tempo, non ne dubitava, Alex si sarebbe emendato. Anche lui, Manrico, dopo tutto, quando lo obbligavano a solfeggiare, si divertiva a proclamare la superiorità di Mick Jagger su Beethoven. Erano ancora immersi nell'intrigante disputa quando Alex s'interruppe e disse al padre che qualcuno lo stava cercando.

– Chi? – chiese Manrico, voltandosi d'istinto.

E si ritrovò davanti Deborah Cianchetti.

– Ispettora! Alex, questa è l'ispettora Deborah Cianchetti, una mia validissima collaboratrice. Deborah, lui è mio figlio Alex.

– E si vede, dottore. Si vede proprio!

Ammazza quant'è bono il figlio del contino!, pensava in quel momento l'ispettora. Alto, moro, coi capelli ricci, occhioni profondi e ciglia lunghe un chilometro, fisicaccio e sguardo languido. Vabbè, il padre doveva essere stato un giovane notevole, anche adesso se difendeva... però, guardando meglio, doveva esserci dentro qualcosa della madre. Deborah non l'aveva mai incontrata di persona, ma Orru le aveva mostrato alcune immagini catturate in rete. Una bella donna, con l'aria decisa. Mi sa che il contino ha mollato perché ha trovato pane per i suoi denti, aveva pensato.

– È successo qualcosa, Deborah?

– No, è che... volevo essere sicura che poi lei tornava in ufficio.

– Torno, torno.

– Allora l'aspetto là...

– Ma no, parlate pure, – s'intromise Alex, con un bel sorriso, – io c'ho da vedere qualcuno...

E prima che il padre o la poliziotta potessero fermarlo, scivolò giú dalla seggiola e andò a recuperare il giubbotto dall'appendiabiti in fondo alla sala.

– Mi dispiace, dottore, non volevo...

– Posso offrirle qualcosa, ispettora?

– Grazie, ho già pranzato. Poi a me il pesce crudo...

– Vado alla cassa e ce ne torniamo insieme in tribunale, va bene?

– Dottore, io non so se significa qualcosa, – Deborah, come al solito, era impaziente, – ma Gavina ha insistito... oh, secondo me nun c'è trippa pe' gatti, ma insomma... Gavina ha fatto la ricerca su quella Betty... effettivamente è morta di overdose, però è saltata fuori una cosa strana...

– E sarebbe?

– Be', si ricorda quei due colleghi... i poliziotti che trovarono Veronica...

– Vagamente.

– Luberti e Pampinella.

– E allora?

– E allora... e pure a Betty l'hanno trovata loro. Coll'ago nel braccio.

– Cianchetti...

– Dotto', io gliel'ho detto, nun so si c'ha senso, può esse solo 'na coincidenza, però Gavina ha insistito... senta, a me 'sto clima de 'sti giorni non mi piace. Ci vogliamo leva' 'sto pensiero? E allora facciamo cosí: io vado a sentire questi due colleghi...

– Lei?

– Sí, magari con me so' piú aperti.

La rude, impetuosa, intuitiva e un po' grezza Cianchetti! Sí, negli ultimi giorni c'era stata notevole freddezza. E questa visita imprevista dal giapponese era l'offerta del ramoscello d'ulivo. Andava colta al volo.

– Ci vada, Cianchetti, ci vada.

IX.

Dei due poliziotti che avevano scoperto i corpi di Veronica e Betty, Luberti aveva cambiato lavoro da anni, mentre Riccardo Pampinella prestava servizio presso un commissariato di periferia. Deborah andò a trovarlo quella sera stessa. L'uomo le ispirò un'istintiva diffidenza. Forse per via del cranio di ridotte dimensioni, che sembrava affondare in un collo piú largo che alto, a sua volta prodromico di muscolatura palesemente pompata. Occhi stretti sottolineati da borse di un gonfiore giallognolo. Aria non particolarmente sveglia in complessione fisica da picchiatore, valutò lei, contemplando gli avambracci, lasciati scoperti dalle maniche arrotolate di un ordinario maglione a girocollo grigio. I capelli, radi e con qualche venatura di chiaro, e un accenno di barba piú scura, non miglioravano l'insieme. O forse a incidere sulla prima impressione furono l'aria seccata con la quale, quando lei bussò alla sua stanza e si qualificò, le fece cenno di sedersi, e l'ostentata concentrazione con cui, ignorando la sua presenza, continuava a digitare, con lentezza esasperante, sulla tastiera di un vecchio computer. Deborah compulsò l'orologio. Mancava un quarto d'ora alle sette. Aveva calcolato che la chiacchiera con Pampinella non le avrebbe portato via troppo tempo. La serata prevedeva un'uscita a quattro con l'ispettore Diego Cosenza, Gavina Orru e Filippo, il compagno di quest'ultima.

Un quartetto che si stava affiatando. Ma se Pampinella non si dava una mossa...

– Collega, vedo che sei molto impegnato. Magari rimandiamo a domani. Da me in Procura.

– Che c'hai er pepe ar culo, colle'?

La voce, roca, s'intonava col resto. E, ora che ci faceva attenzione, anche l'odore piuttosto penetrante che emanava dal sovrintendente non era dei piú rassicuranti: stantio accumulato con una nota di fondo zuccherina. Pampinella beveva. Qualcosa lo tormentava o era solo il classico vecchio sbirro stanco che ne aveva viste di tutte i colori e attendeva rassegnato la pensione grattandosi la pancia? Nonostante gli sforzi che la Piesse stava facendo per rinnovare – e non solo a parole – i suoi ranghi e soprattutto la sua immagine, qualche dinosauro irriducibile al vento della novità resisteva a oltranza. Pampinella ne era un esemplare, come sembrava denunciare l'aspetto fisico? Cianchetti non era contraria, in linea di principio, alle vecchie maniere ruvide e all'ariaccia da commissariato che un tempo incuteva un certo rispetto ai malandrini. Un eccesso di fichettume rischiava di trasformarli tutti in figurine e bambolotti: dopo tutto, per la miseria, sulla strada ci stavano pur sempre loro, in prima linea contro gli zammammeri che cercavano ogni pretesto per fotterti. Loro, mica i giornalisti pronti a pontificare o i signori magistrati colla loro spocchia... Il poliziotto finalmente sollevò la testa dal lavoro e sembrò addirittura concedersi una mezza parvenza di sorriso.

– Allora, collega, si tratta di questo... – attaccò Deborah.

L'uomo annuí, poi fece segno con la mano di attendere, frugò in un cassetto, pescò un pacchetto di cigarillos, ne offrí uno a Deborah, che rifiutò perché stava seriamente cercando di smettere, accese il suo, aspirò, sbuffò, e si rimise a digitare allo stesso ritmo estenuante. E basta! Deborah aveva deciso di fare qualche accertamento perché l'anomalia rilevata da Gavina Orru c'era tutta, ma da qui a considerare Pampinella un soggetto d'interesse investigativo ne correva. Per dirla tutta, Cianchetti si era proposta in missione piú che altro per mostrare al contino la sua buona volontà. Però mo' Pampinella stava proprio esagerando. L'ispettora si alzò spingendo rumorosamente indietro la sedia e si avviò all'uscita.

– Scusa, ma si nun je manno er rapporto entro un'ora quello stronzo der magistrato me fa nero.

Deborah intuí un barlume di apertura e tornò sui suoi passi.

– Se è per questo, pure io sto qua per colpa d'un magistrato.

– E allora damme du' minuti. Pensa che semo partiti pe' 'na ricettazione de pezzi de ricambio, entramo in questo sfascio abbandonato, oh, du' settimane d'appostamenti, e nun te salta fori 'na borsa co' cinque chili de maria?

– Bel colpo, no?

– Bella rottura de cazzo, si permetti. Io a scrive l'informativa e il merito se lo becca tutto il dirigente, 'n'antro stronzo da gnente!

Be', almeno il ghiaccio era rotto. E la chiave di Pampinella era senza dubbio il livore.

Finalmente la laboriosa stesura dell'informativa terminò. Pampinella stampò due copie, uscí dalla stanza, rientrò dopo cinque minuti. E con lui fece il suo ingresso una nuova, notevole ventata alcolica. Il cicchetto di mezza sera.

– Allora, cosa...

– Deborah.

– Deborah, scusa se t'ho fatto aspetta'. Dunque, io la cosa che vole lo stronzo der magistrato mio te l'ho detta. Mo' dimmi quello che vole er tuo...

Sprofondato nella poltroncina, che scricchiolava al minimo movimento, cigarillo all'angolo della bocca, occhio appannato e rossastro... c'era da chiedersi se Pampinella c'era o ci faceva. Deborah propendeva per la prima delle due.

– Ti ricordi una certa Veronica, una trans che ammazzarono tipo dieci anni fa dalle parti di viale Jonio...

A mano a mano che Cianchetti esponeva, piuttosto sinteticamente, la vicenda, lo sguardo di Pampinella da liquido e assente diventava piú concentrato. Impercettibilmente – ma un'intuitiva come Deborah non poteva non accorgersene – il clima emotivo nella stanza cambiava. Pampinella si era fatto attento, guardingo. Ricordava la storia, evidente. E quando Deborah parlò del collegamento con l'overdose di Betty, il sovrintendente si ricompose sulla poltroncina; con i sensi all'erta, pareva un cane inquieto dalla coda dritta e le orecchie tese. Deborah tacque. Passarono alcuni secondi di silenzio, poi Pampinella si strinse nelle spalle.

– Embè?

– Te le ricordi o no queste due, Veronica e Betty?

– Boh, nun me pare...

– Ma scusa, su quante scene del delitto sei stato, Pampinella?

– Io? E mica le ho contate. Stavo alla Mobile, colle', e a Roma quegli anni s'ammazzava, altro che se s'ammazzava.

– Sí, ma non ti pare strano che quelle due fossero amiche e tu e il collega tuo... come se chiamava, a proposito?

Pampinella sfoderò un sorriso sprezzante.

– Che, te metti a fa' i giochetti co' me? Guarda che quanno tu puzzavi ancora de latte, io già i sbattevo ar muro, i coatti...

Deborah allargò le braccia. L'aveva sottovalutato.

– Sta bene. Voglio esse' chiara. Il mio magistrato s'è

messo in testa che le due morti so' legate. E sai quale sarebbe il legame? Voi due. Tu e il collega tuo, Luberti.

– Embè?

– Come embè?

– Dico: quello s'è messo in testa? E tu lasciaglielo mettere. Che te devo di'? No, sur serio, Deborah...

Ogni istante che passava, Pampinella sembrava acquistare lucidità.

– Sul serio, Riccardo.

– Sul serio lo dico io, ispetto'. Primo: di interventi ne ho fatti a decine, da solo o co' Luberti, o co' chi cazzo c'era de turno, per cui... Secondo: mica è colpa mia si amo beccato per caso, sottolineo, per puro caso, 'sti due morti... Quindi, tornatene dal tuo stronzo e digli che s'attaccasse ar cazzo...

– Sta bene. Sei stato molto chiaro.

Deborah si alzò, e prima di congedarsi, chiese a Pampinella se sapesse come rintracciare Luberti.

– Non sta piú con noi.

– A questo ci siamo arrivati. Sai dove lavora adesso?

– Non so un cazzo. E adesso, se permetti...

– Questo è il mio cellulare. Se ti viene in mente qualcosa chiamami...

Ma Pampinella non la stava già piú a sentire.

Deborah raggiunse Gavina, Filippo e Diego nella pizzeria di piazza Epiro. L'incontro, ma meglio sarebbe stato dire lo scontro, con quel finto trucido di Pampinella l'aveva messa di cattivo umore. Subito dopo le ordinazioni, trascinò Gavina in bagno e le riferí minuziosamente.

– Non mi piace, – concordò la sarda.

– Sa piú di quello che mi ha detto. Dovevi vede' come ha cambiato faccia quando ho parlato de Veronica...

Gavina Orru annuí. Dal suo canto, aveva buone notizie.

– Ho trovato Luberti.

– Ricerca in rete?

– Chiaro. Lavora nella sicurezza privata.

– Ottimo.

Tornarono al tavolo. Filippo stava raccontando qualcosa a Diego, che ascoltava rapito. I due maschi si erano scoperti appassionati di arti marziali. E, ovviamente, dei film che ne trattavano. Quando Deborah gli sedette accanto, Diego Cosenza l'abbracciò forte, tutto entusiasta.

– Amo', sai la novità? Filippo, qua, sta a scrive 'na sceneggiatura, sarebbe la storia di un poliziotto, e sai che c'è? Eh, amo'?

– No, che c'è?

– Ha preso a me come modello! Hai capito? Diglielo, Fili', che se no nun ce crede!

Filippo confermò con un largo sorriso. Gavina sbuffò.

– Diego, stai tranquillo. Sono dieci anni che Filippo scrive sceneggiature e tu l'hai mai visto questo famoso film? Io no!

– Ma stavolta c'è pure un produttore, – protestò l'uomo.

– Seeeh.

Seguí un silenzio imbarazzato. Gavina si rese conto di essere stata un po' dura. Deborah era dispiaciuta per Filippo, che aveva abbassato le orecchie e giocherellava, mogio, con la forchetta. Diego Cosenza, implacabile, gridò che il film si sarebbe fatto. C'era pure il titolo:

– *Pugni de pietra!*

Il cameriere portò le pizze e i frittini e tornò il buonumore.

x.

Sei arrestati su sette si avvalsero della facoltà di non rispondere. Il settimo era ricoverato in infermeria con la febbre a quaranta. Un turno cosí superfluo Manrico non lo ricordava da mesi. Sbrigate le formalità di rito, alle dieci e mezzo di una mattinata baciata da un tiepido solicello era già fuori dal carcere di Rebibbia. Tutto sommato una bella fortuna, tenuto conto degli altri interrogatori, questa volta di soggetti a piede libero, già fissati in ufficio per il primo pomeriggio. Avanzavano un po' di ore di libertà. Manrico pregò Vitale, che lo aveva accompagnato sulla sua Skoda, di lasciarlo al mercato di via Catania, che era di strada. Poi, con tono ricco di partecipazione, le chiese come andassero le cose sul fronte personale.

Lei mise in moto e produsse un verso fra lo sbuffo e il sospiro. Nelle ultime ore, l'infame consorte Nico aveva proposto una terapia familiare. Voleva recuperare a tutti i costi. I figli spingevano in quella direzione. Lei non sapeva che fare. Le insistenze dei ragazzi stavano facendo breccia. Non si era ancora decisa, ma quasi certamente avrebbe acconsentito. Comunque non erano cose da discutere con un uomo. Fosse pure il contino. Perciò Vitale deviò il discorso sul caso Veronica.

– Ha parlato con Cianchetti? So che ieri ha sentito quei poliziotti.

– Non ancora. Ma se fossero emerse cose interessanti mi avrebbe chiamato, credo.

– Certo.

Di lí in avanti proseguirono in silenzio nel traffico. Giunti alla meta, Vitale si offrí di aspettarlo. Manrico le disse che avrebbe proseguito a piedi e la lasciò libera.

Si addentrò nel mercato coperto, il consueto profluvio di frutta variopinta, verdure, fiori, botteghe, bottegucce e botteghine. Quella specie di suk che nemmeno le piú avanzate procedure di igienizzazione riuscivano a rendere del tutto asettico gli era sempre stato caro al cuore. Da bambino, e sino alle soglie dell'adolescenza, insisteva per scortare Camillo nelle sue spedizioni di approvvigionamento gastronomico, e anche adesso, appena gli era possibile, la spesa al mercato rappresentava un momento lieto. Qualcosa di cosí antico, di cosí profondamente radicato nell'essere umano...

Sullo stand di Bruno campeggiava un cartello inquietante: CEDESI ATTIVITA' COMMERCIALE. Seguiva il cellulare dello stesso Bruno.

Il suo amico macellaio, il testaccino doc che gli aveva insegnato tutto ciò che sapeva di Roma e della Roma criminale – ma non era mai riuscito a portarlo in sezione e a farlo diventare comunista militante –, con la perizia di una vita di mestiere stava riducendo a straccetti un sanguinolento lacerto di manzo.

– Anvedi, Richè! Che, t'ha preso 'na botta de nostalgia, che nun te fai vede' mai?

Manrico sorrise. Bruno era l'unico al mondo che potesse chiamarlo con quel soprannome – Richè – che odiava almeno quanto quell'altro – il contino – del quale non sarebbe mai riuscito a liberarsi.

– Bru', ma che significa quel cartello? – domandò poi, tornando serio.

– E che deve significa'? – L'omone si pulí sul camice le mani macchiate di sangue. – Me ne vado, Richè, io chiudo qua. Me so' rotto...

– Tu non puoi permettertelo, Bruno, – cercò di scherzare Manrico, – sei il famoso punto fermo nel mondo che ruota impazzito...

– A Richè, stamme a senti'... io chiudo bottega perché me sento un vecchio fori posto. Credevo ner Partito, e il partito nun c'è piú. Ero de sinistra, e 'a sinistra nun esiste piú. Credevo nella Roma, e sai 'na cosa?

– Dimmi, Bruno.

– La Roma è l'unica che non tradisce mai. Ma lo sai perché?

– E dimmelo te, Bruno.

– Perché perdeva quann'ero regazzino, ha perso il giorno che me so' sposato e quello che è nato mi fijo, e ha perso quanno mi fijo s'è laureato, e ha perso quanno so' diventato nonno e ho battezzato mi nipote, ha perso ieri sera co' quei quattro scalzacani e continuerà a perde' quanno nun ce sarò piú. Quindi...

Manrico contemplò con una stretta al cuore quel pezzo della Roma di un tempo che mollava gli ormeggi. Bruno aveva due spalle da lottatore, capelli candidi, occhi celesti, piú da nordico che da figlio della Lupa, ora un po' curvo sotto il peso degli anni. Era da sempre stato silenziosamente, rispettosamente, invano innamorato di donna Elena. Aveva fatto credito alla nobile casata quando la ludopatia della contessa li aveva trascinati sull'orlo del baratro e avevano rischiato il taglio delle forniture di luce e gas. Ora diceva basta. Si ritirava nel fondo della foresta come un elefante sdegnoso e sdegnato. E Manrico non aveva parole da spendere. Girò dietro il bancone e andò ad abbracciarlo.

– A zozzoni! – li apostrofò, schifata, una vecchina che passava di là.

XI.

L'ex sovrintendente Sergio Luberti ricevette Deborah in un ampio ufficio al terzo piano di una palazzina anni Venti in viale Liegi. Da quando aveva lasciato la divisa, spiegò invitandola ad accomodarsi su un'elegante poltrona di pelle nera, lavorava nella security aziendale.

– Per la verità sono il responsabile.

– E in particolare l'azienda di che cosa si occupa?

– Si tratta di un consorzio di imprese, ispettora. Ci occupiamo di interventi in numerose aree geografiche… oserei dire che siamo presenti nei tre quarti di quello che un tempo si chiamava «terzo mondo»…

Entrò un cameriere, proveniente dal bar, con un vassoio.

– Mi sono permesso di ordinare un paio di caffè e qualche cioccolatino…

Deborah ringraziò e non riuscí a resistere a un fondente al settantacinque per cento. Luberti sorseggiava il suo caffè con l'aria rilassata di chi non ha niente da temere.

– Ma di preciso cosa fate?

– Impiantiamo cantieri, villaggi, collaboriamo alla realizzazione di grandi opere con governi e società private…

– E al momento?

– È questo il motivo della sua visita, ispettora?

– Semplice curiosità, dottor Luberti.

– Siamo ex colleghi, quindi sarò franco. Data la delicatezza del contesto nel quale ci muoviamo, sa, la concorrenza è spietata, – qui Luberti agitò le mani in un gesto che voleva dire tutto e niente, o forse voleva alludere alla complessità del mondo degli affari, – preferirei mantenere il riserbo...

– È chiaro.

– Invece, se posso esserle utile in qualche altro modo...

Luberti era piccolo, faccia da topo, baffetti da topo, voce sottile da topo, grisaglia color topo, cravatta rosa, occhiali da topo (se i sorci portavano l'occhiali, cosí dovevano essere). Un sorcio fatto e rifinito dalle maniere gentili che spandeva intorno a sé sicurezza e un lieve, non invadente profumo muschiato. Tutto l'opposto del trasandato e semi lercio Pampinella. Chissà com'erano stati, quei due, sulla strada. Una coppia di sbirri peggio assortita era difficile da immaginare. Deborah scartò il secondo cioccolatino.

– Si tratta di un paio di vecchi casi, roba di una decina d'anni fa...

Tanto Pampinella, mentre lei raccontava, s'era fatto sospettoso, al punto da destare, a sua volta, il sospetto di Deborah, quanto questo Luberti si manteneva sereno, ascoltava senza interrompere e senza dismettere il convincente sorriso di circostanza che spuntava sotto i baffetti. Quando Cianchetti tacque, Luberti annuí.

– Ricordo perfettamente, ispettora. Ricordo sia quella poveretta che hanno ammazzato sia l'altra, quella morta di overdose. A essere sinceri, al tempo la coincidenza che ora lei mi fa rilevare mi era sfuggita.

– Non aveva collegato Veronica e Betty?

– E come avrei potuto? Né io né l'agente Pampinella partecipammo alle indagini. Il nostro compito finí con la scoperta del cadavere.

Corrispondeva a quanto era stato accertato dal contino. La possibilità che si fosse trattato di una coincidenza prendeva corpo. Non ci fosse stata quella strana reazione di Pampinella...

– Anche perché, – riprese Luberti, – quando trovammo quella ammazzata eravamo di servizio in zona, mi pare dalle parti di Montesacro...

Luberti cercò conferma con una breve pausa, e Deborah lo esortò ad andare avanti.

– Mentre quell'altra, l'overdose... quella sera eravamo smontanti, ma un'altra volante ci chiese di allungare il turno di un paio d'ore, se non sbaglio la moglie di un collega era incinta, qualcosa di simile... arrivò la segnalazione e scoprimmo la poveraccia...

– Si ricorda chi la fece, quella segnalazione?

– Un vicino, mi pare. Quello era una specie di condominio di prostitute. Un postaccio. In ogni caso, aveva fatto una brutta fine.

– Sa se ci furono sviluppi? Autopsia, cose cosí?

Luberti allargò le braccia.

– Per un'overdose? Non credo, comunque anche in quel caso... non eravamo investigatori, noi stavamo sulla strada, ispettora. Lei sa meglio di me come funzionano le cose...

Luberti compulsò l'orologio che portava vezzosamente a destra. Era un evidente segno di congedo. Ma Deborah aveva ancora qualche curiosità.

– Perché ha deciso di cambiare lavoro, Luberti?

L'uomo rise. Anche la risata era da topo.

– Ma si guardi intorno! Qua godo di stima, rispetto, ho una squadra operativa di prim'ordine alle mie dipendenze... quando ero in polizia, senza offesa, eh, erano piú le notti che passavo in strada di quelle che trascorrevo con mia moglie, prendendo sputi e calci dal primo delinquentello protetto dalle nostre leggi assurde in cambio di uno stipendio da fame...

Non erano, in fondo, idee molto diverse dalle sue. Ma sentirsele spiattellare cosí, e in quel contesto, fece a Deborah un'impressione sgradevole. Come di un tradimento. Per giunta rivendicato.

– Pampinella è rimasto in servizio.

– Già, – asciutto, severo.

– Eravate molto amici?

– Sarò sincero con lei, ispettora, – e qui il tono del sorcio si fece desolato, – abbiamo lavorato insieme per almeno due anni, ma da qui a diventare amici… amicizia è una parola grossa. Riccardo…

– Beveva anche allora?

– Se n'è accorta? – chiese lui, sorpreso. O era sincero o era un bravo attore.

– L'ho annusato, piú che altro.

– Poveraccio. Ogni tanto mi telefona, e cerco di aiutarlo come posso…

– Gli dà soldi?

– Piccole somme, manco sto a chiedere la restituzione. In fondo a me è andata di lusso. Lui…

– Non ha pensato di portarselo qui con sé? Di offrirgli un'opportunità?

– Ma l'ha visto, no? Uno come lui qui in consorzio non lo farebbero passare nemmeno dall'ingresso di servizio.

Luberti si alzò. Deborah capí che non poteva trattenersi oltre.

La squadra tornò a riunirsi a metà pomeriggio. Manrico era reduce dall'incontro con un bancarottiere che cercava di convincerlo a sottoscrivere un patteggiamento a tre anni di prigione. I beni sottratti ammontavano a ottocentomila euro. Manrico aveva subordinato il consenso al recupero di una somma congrua. E aveva fatto sapere al ladrone che la sua offerta – centomila – era oltraggiosa e irricevibile.

Cianchetti relazionò sui suoi incontri con Pampinella e Luberti.

– Luci e ombre, dottore. Pampinella puzza, in tutti i sensi, ma per come l'ha messa Luberti la coincidenza si spiega perfettamente.

Vitale concordava. Orru fece notare un altro dettaglio.

– Luberti io l'ho trovato in cinque minuti. Non si nasconde mica. Com'è che Pampinella diceva di non saperne niente? E perché Luberti dice che ogni tanto gli telefona e lui gli presta dei soldi?

– Me sa che Pampinella se vergogna, e per questo s'è stato zitto, – interpretò Deborah.

Orru non riusciva a darle torto.

– Potremmo controllare i turni di servizio della sera in cui trovarono Betty?

Orru fece segno di no.

– Sono passati tanti di quegli anni…

Il contino sembrò rassegnato.

– Va bene. Andrò a sentire per l'ultima volta quel Farina, poi… poi se non ne esce niente, lasceremo perdere.

– Almeno ci abbiamo provato, – cercò di rincuorarlo Cianchetti.

XII.

L'ospite d'onore, come sempre, arrivò per ultimo, quando i commensali già scalpitavano solleticati dal profumino delle pietanze amorevolmente preparate da Camillo. D'altronde, se la puntualità è prerogativa dei re, nulla araldica e galateo dicono riguardo ai principi. E l'invitato di prestigio era, per l'appunto, un principe. Gualtiero Alfredo Polenz della Torre di San Loffredo. A onta del nome altisonante, napoletanissimo e ricco in simpatia quanto di titoli. Gualtiero era di passaggio a Roma, nel cambio fra una sede e l'altra del suo incarico di ambasciatore presso gli organismi internazionali, e Manrico non si era lasciato scappare l'occasione di averlo a cena. I due erano stati compagni di scuola, e anche se la diplomazia portava quasi sempre Gualtiero all'estero, i contatti non si erano mai interrotti. Gualtiero, dichiaratamente gay, era accompagnato dal suo ultimo compagno, un elegantissimo ragazzo birmano, Thura, «il valoroso, ma anche il galante», come spiegò egli stesso in un discreto italiano con insospettabili venature napoletane. Completavano l'equipaggio altri due vecchi amici, Andrea e Sibilla Nalli, lui musicologo e critico musicale, lei fotografa, i colleghi Blumenstein e Valentina Poli, donna Elena, che si sperava non esercitasse il monopolio sull'adorato principe Gualtiero, e due giovani. Uno era Alex, l'altra si chiamava Rachele ed era la figlia di Blumenstein; in origine, la loro presenza non era prevista.

Manrico, in mattinata, aveva telefonato a Blumenstein per chiedergli un nuovo incontro con er Farina.

«È in trasferta».

«Ah».

«Giú a Reggio per inguaiare un boss della 'ndrangheta. Si spera».

A Manrico l'idea di averlo come ospite era balenata all'improvviso. Anche per non far sentire troppo fuori ambiente Valentina Poli.

«Verrei tanto volentieri, Manrico, ma ho con me mia figlia...»

«Portala».

«Sul serio?»

«Se non temi che si annoierà troppo in mezzo a tanti vecchietti...»

Con la scusa della presenza della ragazza, Manrico aveva poi esteso l'invito ad Alex. Sulle prime, il figlio aveva protestato.

«Ma che palle!»

«Dài, magari vi piacete».

«Ma almeno sai quanti anni ha?»

«Venti, Alex, venti...»

Era un azzardo bello e buono. Manrico non sapeva un bel niente della giovane Blumenstein. Ma il bluff fu premiato. Rachele era una stanga, appena un paio di centimetri piú bassa di Valentina Poli. Parlava quattro lingue, era figlia di una raffinata pianista americana e studiava a Londra. Nel momento in cui Camillo, dieci minuti dopo l'arrivo del principe e del suo compagno, informò che l'antipasto era pronto in tavola, i due ragazzi si erano già barricati nella sala della musica, dalla quale proveniva, di tanto in tanto, l'accenno di una canzonetta in voga.

Quando li raggiunsero – e si vedeva che erano un po'

seccati di essere stati prelevati dal loro mondo per essere traghettati in quello, infinitamente meno interessante, degli adulti – Blumenstein padre s'illuminò. Rachele, confidò a Manrico, era sempre cosí sola nei rari periodi che trascorreva a Roma, e aveva anche un carattere molto difficile, invece adesso, insieme ad Alex, era tutta sorridente: un miracolo.

Con Elena a capotavola, fra l'ambasciatore e il critico musicale, e gli altri strategicamente disposti intorno al tavolo ovale, Manrico aveva riservato per sé il posto accanto a Valentina Poli.

– Date tutti l'impressione di conoscervi da una vita, – osservò Valentina.

– È vero. Gualtiero, i Nalli e io eravamo nella stessa classe.

– Senti, io a Roma ci sono arrivata da poco, ma non è la prima situazione di questo tipo in cui mi imbatto.

– Quale tipo?

– Compagnucci del liceo che restano legati per tutta la vita... non sarà un modo elegante per escludere quelli che vengono da fuori?

– Mettiamola cosí: Roma sa essere chiusa e respingente, ma se riesci a trovare la giusta chiave...

– E magari qualcuno che già la possegga... – osservò lei, pensierosa.

Seducente. Ma senza volerlo, opinò Manrico.

Poi il contino sorrise e le versò da bere.

– Sono contento che tu abbia accettato il mio invito, Valentina.

– Sono contenta che tu mi abbia invitato, Manrico.

L'ispettora Cianchetti se ne stava accoccolata sul divano davanti alla Tv, coperta da una trapunta, a smangiucchiare il terzo cioccolatino che, il giorno prima, s'era portata via dal colloquio con l'ex collega Luberti. In Tv passavano un film americano su due che se ne dicevano di tutti i colori, ma si capiva che si volevano bene e che non vedevano l'ora di piantarla con quella sceneggiata e finire a letto. Un po' come lei e l'ispettore superiore Diego Cosenza. Erano reduci dall'ennesima discussione, con lui che insisteva per fissare la data delle nozze e lei che prendeva tempo. E se ne stavano a distanza di sicurezza, lei che faceva finta di interessarsi a quei due deficienti sullo schermo, lui alle prese con chissà quale giochino scemo al cellulare. Entrambi vogliosi di fare il primo passo, ma timorosi di apparire troppo arrendevole lei e meno macho lui. A trarli d'imbarazzo fu la suoneria del telefono di Deborah. Diego sobbalzò, irritato.

– E mo' chi è a quest'ora?

Deborah manco si degnò di rispondergli. Pescò l'apparecchio nelle pieghe del divano, lesse un numero sconosciuto e invece di lasciar perdere – dopo tutto era fuori turno – rispose.

– Sí? Ah... come mai cosí all'improvviso? Capisco... aspetta un attimo, collega...

Fece segno a Diego di avvicinarsi e attivò il vivavoce. Diego Cosenza estrasse a sua volta il cellulare, attivando il programma di registrazione. Deborah annuí e tornò alla conversazione.

– Allora dimmi, Pampine'.

– Dovemo parla'.

– E de che?

– De quella cosa che se semo detti l'altro giorno.

– Veramente l'altro giorno ho parlato solo io, e tu hai detto che non sapevi niente di niente.

– E vor di' che m'è tornata la memoria.

– Dimmi, allora.

– Per telefono, – sospirò il sovrintendente, – nun è sicuro.

– Hai paura d'essere intercettato?
– Tu non sai con chi abbiamo a che fare, bella mia.
– E spiegamelo tu.
– Vedemose.
– Quando?
– Anche adesso.
– Me sa che non funziona cosí, Pampine'. Vieni domani in ufficio e ti prendo a verbale.
– A verbale? – La risata dell'uomo era tanto sgradevole quanto disperata. – Nun so' cose che se mettono a verbale. Non senza garanzie.
– Di quali garanzie parli. Puoi esse' piú chiaro, scusa?
– È roba grossa. Vedemose, te dico. Di persona.
– E io ti ripeto: passa in ufficio.
Pampinella sembrò pensarci un po' su, poi rilanciò.
– Facciamo domani a fine turno, passi tu da me, a Primavalle. Ti metto in nota per uno scambio di informazioni su... famo 'na storia de furti, il dirigente è 'no scassacazzi, vole prende nota de tutto e de tutti...
– Va bene. Domani. Quando smonti?
– Alle diciotto.
– Ci sarò.
– Preparati un ordine di servizio pure tu. Scrivi un'annotazione, qualcosa de simile, mettiti un appuntamento sul cellulare: ore diciannove, incontro con sovrintendente Pampinella per scambio informazioni.
– A domani.
– A domani. Oh, collega, me raccomando...
Deborah troncò la conversazione reprimendo la voglia di mandare al diavolo Pampinella. Poi raccontò tutto a Diego Cosenza, dalla soffiata vaga del pentito Farina all'intuizione del contino. Diego era perplesso.
– Ma che roba è?

– ’Na storia che s’è inventato il contino.
– ’Sto collega me sembra spaventato.
– Be’, domani ne sapremo di piú.
– Nun me piace che ce vai da sola. Vengo con te.
Diego Cosenza si era piazzato al centro della stanza, i muscoli gonfi, l’aria del guerriero che protegge la vergine. A Deborah veniva un po’ da ridere: i macho, e ce n’erano tanti nel suo giro, non riusciva proprio a prenderli sul serio. Le veniva un po’ di sottile perfidia perché, certo, Diego era uno forte, però magari nella lotta di strada lei riusciva a essere persino piú cattiva. E le saliva infine una grande tenerezza, giacché il fondo era buono, e l’istinto di protezione, dopo tutto, non è che le dispiacesse poi tanto. Cosí finí che fecero l’amore, anche se sino alla telefonata lei non ci pensava proprio.

– Ku-gi-giò! – scandí forte il principe Gualtiero.
– Ku-gi-giò, – si uní Thura.
E bevvero dai calici appena riempiti.
– Se fossi in voi, mi unirei alla formula, – esortò il principe.
– Ku-gi-giò, – rise felice donna Elena, e bevve.
– Ha un significato particolare? – chiese la giovane Valentina.
– Diciamo che è un brindisi alla salute di Giò, – spiegò il principe.
– Un vostro amico? – tornò a domandare la Pm.
– Un «Nat», – rispose il principe. – I Nat appartengono alla cultura birmana. Ne sono decisamente ossessionati.
– Spiriti, – si sentí in dovere di precisare Thura, – noi li chiamiamo cosí.
– Diavoli, piuttosto, – lo corresse il principe.
– E tu non farli arrabbiare! – pregò Thura.

– Per dire, – riprese il principe, – un uomo beve, perde il controllo della macchina e va a schiantarsi contro un albero? Colpa di un Nat che in quel momento attraversava la strada!

– Una donna tradisce il marito? – disse Thura, sorridendo. – Colpa del Nat che si è invaghito di lei…

– Anche adesso questo Nat molto potente, Giò, potrebbe essere seduto alla nostra tavola, trovarsi qui. E si offenderebbe molto se noi ci dimenticassimo di brindare alla sua! Perciò: ku-gi-giò! – concluse il principe.

E cosí il brindisi partí.

La cena era stata un successone. Gualtiero teneva banco con la sua estroversa simpatia; donna Elena era sulle tracce di chissà quale fotografia storica; Blumenstein e Andrea Nalli erano sprofondati in una discussione dai toni piuttosto accesi sulla questione ebraica (l'aspetto curioso era che Nalli, laico e socialista, si dimostrava molto piú dalla parte dello Stato di Israele dell'ebreo radicaleggiante Blumenstein); Alex e Rachele parlottavano fra loro. Manrico scoprí che lei l'estate andava all'opera allo Sferisterio.

In un momento di caduta del cicaleccio generale, Gualtiero lasciò cadere uno scherzoso rimprovero.

– Però, Manrico, non sei mai venuto a trovarci in Birmania!

– Mi sa che il contino ha sempre preferito l'India, – s'inserí Sibilla, con la sua voce morbida e roca.

Lei e Manrico si fissarono per un istante. Uno sguardo intenso, complice. C'era solo un'altra persona seduta a quella tavola che poteva comprenderne il senso: Andrea Nalli. Manrico si voltò a osservarlo. Sul volto affilato del musicologo era affiorato un sorriso indecifrabile, un po' nostalgico e un po' allarmato.

Gualtiero estrasse dal taschino un lungo sigaro cubano.

– Suppongo che il morbo del salutismo sia penetrato anche in questo ambiente e che imperi il divieto di fumo…

– Ti accompagno in terrazza, – si offrí Manrico.

La serata era fredda. Il principe accese il cubano e si trattenne fra la porta-finestra e l'esterno. Da via Giulia deserta risaliva il miagolio di un gatto indispettito. Gualtiero chiese a Manrico di tenergli compagnia per qualche minuto. Si affacciarono fuori.

– In realtà avrei un piccolo problema da esporti.

– Dimmi, amico mio.

– La situazione birmana è incerta.

– Adesso però è tornata la democrazia, c'è la Signora...

– Ci sono sempre anche i generali. Da un momento all'altro potrebbero riprendere le armi. Per questo Thura e io vogliamo sposarci.

– Non colgo il nesso ma... Auguri.

– In Italia.

– Ahi. Il matrimonio gay non è consentito.

– E che cosa è consentito in questa repubblica di trogloditi?

– Le unioni civili. Rassomigliano molto a un matrimonio vero e proprio.

Gualtiero spense il sigaro e lo ripose in un lungo tubo di metallo.

– Mi fa sempre piacere rivederti, caro. Questa casa, poi, evoca tanti momenti del passato. Ti ricordi quando scappavo da mio padre e venivo a rifugiarmi da te?

– Ricordo anche il saccheggio sistematico del frigo, se è per questo.

– Be', come vedi mi sono dato una regolata...

Gualtiero si dispose di profilo, perché l'amico potesse ammirare la sua forma perfetta, poi, di slancio, lo abbracciò.

– Sono davvero, davvero felice di essere qui, Manrico! Amo quelli che non cambiano. Ma, a proposito, il mondo vuoi sempre cambiarlo, invece?

– Potremmo passare alla domanda di riserva, Gualtiero?

Negli occhi del principe guizzò un lampo di furbizia.

– Che mi dici di Sibilla?

– Cosa dovrei dirti? – s'irrigidí Manrico.

– Tu forse non te ne sei accorto, o hai fatto finta, vecchia lenza, ma ogni volta che rivolgevi il famoso «sorriso Spinori» alla tua giovane collega... oh, devo ammettere che se fossi appena un filo meno gay... una ragazzona cosí... insomma, tu corteggi la fanciulla e Sibilla ti fulmina con certe occhiatacce...

– Gualtiero...

– E pensare che eravamo convinti vi sareste messi insieme per convolare verso un «e tutti vissero felici e contenti»... dev'essersi immischiato nella cosa qualche Nat...

– Amen. Adesso rientriamo, su.

Il principe si abbandonò a un mezzo inchino ironico e fece segno a Manrico di precederlo. I Nalli avevano già indossato i soprabiti. Aspettavano il padrone di casa per congedarsi. Manrico salutò Andrea con una vigorosa stretta di mano. Quindi lui e Sibilla si sfiorarono castamente le guance con le labbra.

– Ah, dimenticavo, – disse la donna, porgendogli un elegante biglietto da visita, – tua madre vorrebbe passare dal mio nuovo studio. Questo è l'indirizzo.

Manrico ringraziò con un cenno educato. Solo molto piú tardi, quando tutti gli ospiti se ne furono andati, pescò il biglietto dal fondo della tasca. Sul retro c'era scritto: «Telefonami, S».

XIII.

Deborah informò Manrico dell'appuntamento con il sovrintendente Pampinella, e le speranze del contino di riaprire il caso si riaccesero.

– Appena sa qualcosa, Cianchetti, mi chiami. Mi raccomando.

Buona parte della giornata se ne andò fra un interrogatorio e l'altro di una sedicente gang di spacciatori. Sedicente non perché il Donnola, Coccia-de-Morto, Pipparello e L'Omonero, tutti nickname derivati dall'ampia attività di intercettazione, non fossero soggetti degni di attenzione quanto meno sotto il profilo lombrosiano, ma perché era la classica inchiesta di «droga parlata». In altri termini, se da un lato c'era la certezza che quando i coatti – era tutta gente di Tor Bella Monaca – parlavano di «macchine agricole», «capsule di caffè», «fagiolini», «scatole di cioccolatini» e «cornici dell'Ottocento» (queste ultime davvero da scompisciarsi dalle risate, per chi avesse dato una scorsa all'album fotosegnaletico), si riferivano a scambi di cocaina, dall'altro in mesi di indagini, appostamenti e perquisizioni era saltata fuori la miseria di quattro dosi di marijuana, nemmeno di eccelsa qualità. I gentiluomini e le gentildonne in oggetto disponevano sicuramente di depositi nei quali stoccare la merce, di un canale sicuro di approvvigionamento, probabilmente con la Spagna, di armi e di una rete di spacciatori al minuto. Sfortunatamente, nulla di tutto questo era venuto alla luce. Manrico fece del suo meglio, si sforzò di presentare le prove in modo accattivante, ma il giudice per le indagini preliminari respinse, l'una dopo l'altra, tutte le richieste di cattura. E non si poteva dargli torto.

– Ci sarebbe voluto un pentito come er Farina, – confidò piú tardi Manrico a Blumenstein.

Sorseggiavano un caffè al bar del piano terra, verso le tre del pomeriggio, quando il bancone era già stato svuotato di ogni genere alimentare, i ritardatari si accaparravano gli ultimi tramezzini intisichiti e l'esausto personale già pregustava la smobilitazione.

– Novità dai calabresi?

– Macché. Se non fossi sicuro che è in una casa protetta, direi che lo hanno rapito e ficcato in qualche pilone dell'autostrada.

– Quando torna ricordati di avvisarmi.

Poi Blumenstein gli disse che quella sera sua figlia e Alex si sarebbero incontrati per un duetto (la ragazza suonava il violino); Manrico capí che non si era sbagliato nel cogliere il feeling fra quei due.

– Credo che il tuo erede eserciti un'influenza positiva su Rachele.

– Non ti pare un po' prematuro? Si sono appena conosciuti.

– Senti, stamattina a colazione sorrideva. Ti assicuro che succede di rado.

La conversazione con Blumenstein non aveva avuto il potere di metterlo di buon umore, ma almeno gli aveva fatto dimenticare per qualche minuto il rovello che si portava dentro dalla sera prima.

Sibilla.

Doveva telefonarle?

Se lo avesse fatto, il finale sarebbe stato scontato. Ripensò alle parole di Gualtiero, che in pratica aveva sposato lui e Sibilla durante la prima settimana della IV C, quando, rientrando dalla ricreazione, l'intera classe aveva trovato scritto sulla lavagna: «Scolpito nella storia dei popoli: a Manrico piace Sibilla, a Sibilla piace Manrico e a me piacciono i maschi». L'amico era stato redarguito e sospeso per un giorno. E poi lui e Sibilla una storia l'avevano avuta sul serio. Ma complicata, complicata assai.

Insomma: chiamare o non chiamare?

Decise di rimettere la decisione all'affaire Cianchetti. Se l'ispettora fosse riuscita a parlare con il poliziotto Pampinella, e ne fosse uscito qualcosa di interessante, non avrebbe cercato Sibilla. Altrimenti... Risalí in ufficio. Impugnò il cellulare e cominciò a giocherellarci. Poteva mandare a Sibilla un sms, tono scherzoso e non impegnativo. L'apparecchio, però, sembrava bruciargli fra le dita. Quello era desiderio. Inutile girarci intorno. Desiderio al profumo di memoria che si era acceso nell'istante stesso in cui aveva letto il messaggio sul retro del biglietto. *Non so piú cosa son, cosa faccio... Or di foco, ora sono di ghiaccio... Ogni donna cangiar di colore, ogni donna mi fa palpitar, solo ai nomi d'amor, di diletto mi si turba, mi s'altera il petto. E a parlare mi sforza d'amore un desio ch'io non posso spiegar!* Ah, Cherubino... un adolescente, un amorino, andiamo, ma il desiderio non ha età, non l'ha mai avuta... Non c'era qualcosa di tremendamente tedioso, di oppressivo, di freddamente burocratico da contrapporre? Quale poteva essere l'incombente piú noioso... ah, ecco. La Relazione semestrale sugli obbiettivi investigativi, da redigere su apposito formulario e inviare all'ufficio preposto... riesumò dal fondo di un cassetto il faldoncino che periodicamente contemplava e accantonava, dopo aver diligentemente stracciato le note di richiamo e di sollecito degli organi ministeriali, e si mise a compulsare quelle righe figlie di una sintassi che l'umanità dovrebbe bandire (non foss'altro per garantire la propria stessa sopravvivenza). Incredibilmente, la cura funzionò. Al punto che la chiamata della Cianchetti lo colse del tutto impreparato. Ed erano già le 18.30.

– Deborah! Allora?

– Il pezzo de m… mi scusi, dottore, Pampinella non è venuto.

– Come sarebbe a dire non è venuto?

– E come sarebbe a dire? So' andata al commissariato, doveva smontare alle diciotto, ma mi hanno detto che si era preso una giornata libera, capito lo stronzo, e me scusi, quanno ce vo'… manco s'è presentato al lavoro!

– L'ha cercato al telefono?

– E come no! Dà sempre utente irraggiungibile. So' pure passata da casa, 'na stamberga alla Storta, è da qua che sto chiamando, e niente, una vicina m'ha detto che ci vive da solo e so' piú le volte che torna ubriaco che altro…

– Capisco.

– Dotto', a questo punto che faccio?

– Niente, Cianchetti, niente. Vada a casa e domani ci penseremo.

– E mica si potrà nascondere tutta la vita, 'sto infame!

No, non poteva certo nascondersi tutta la vita, l'infame. E lui, Manrico, fino a quando si sarebbe nascosto?

Basta. Non aveva piú alibi. Afferrò il cellulare e compose il numero.

– Perché mi hai cercato?

– E tu perché sei venuto?

Sibilla abitava in un bell'attico su Lungotevere dei Mellini. Indossava un abito rosso carminio, lungo, con un notevole spacco laterale. Aveva raccolto i capelli biondi in una crocchia dalla quale sfuggiva una sorta di ricciolo vezzoso. I suoi occhi blu pervinca, con quegli improvvisi riflessi violetti che Manrico ricordava cosí bene, sorridevano ironici.

– Sta bene, – disse lui, – risponderò prima io alla tua domanda. Sono venuto perché non volevo deluderti. Ora tocca a te.

– Ti ho cercato perché non sopportavo di vederti cinguettare intorno a quella ragazzetta.

– Non hai il monopolio, Sibilla. Se lo avessi voluto, avresti dovuto sposarmi.

– Sposare te? Scherzi? Ci saremmo accoltellati sull'altare.

Era un errore, trovarsi lí? Era un gioco? C'era mai stato realmente amore fra loro? Attrazione, tanta. Un'attrazione fortissima. Ancora adesso Manrico avvertiva nelle narici il profumo di lei, con quelle tracce di muschio e il fondo naturale, forte, deciso, della pelle. Un cocktail che aveva rincorso in tante altre. Ma il profumo di Sibilla restava unico. Inconfondibile.

– Andrea?

– È a Parigi, Opéra Garnier, una *Traviata*, o un *Falstaff*, sai che l'opera non è il mio forte.

– *Amami Alfredo*... O *tutti gabbati*... *tutti gabbati*... – canticchiò Manrico, sedendo sul grande divano bianco. La porta-finestra, davanti a lui, rimandava, filtrate dal vetro, le luci di una serata piovosa.

– Lei ti piace tanto?

– Chi?

– Quella di ieri sera.

– È fresca, determinata.

– È giovane. Questa è la sua qualità piú importante. Quella che ti attrae. Cominci a invecchiare anche tu, Manrico.

Non rispose. Ma si domandò: come sarebbe stato invecchiare accanto a una come Sibilla? Tutti erano certi che sarebbe accaduto. Li consideravano la coppia perfetta. Non sapevano che, in realtà, una coppia non c'era mai stata. Per l'intera durata del liceo Sibilla si era divisa fra lui e Andrea. E alla fine aveva scelto. Avrebbe mai potuto esserci una scelta diversa? Forse no. Sicuramente no. Manrico aveva sempre saputo di Andrea. E Andrea di lui. La leggerezza era la loro cifra comune.

Sibilla protese il viso e gli sfiorò le labbra.

– Non dovremmo, – disse Manrico.

– Non mi suona nuovo.

– Sei una donna sposata.

– E amo mio marito. Non togliamo niente a nessuno.

E forse era vero. Era solo un'altra forma di amore. Ricordò una sera lontana a Bombay, la spiaggia di Colaba, la notte invasa dal profumo ipnotico dell'oceano, tre ragazzi che si immergevano nel vortice di un futuro senza limiti. Lui e Sibilla, Andrea e Sibilla. L'icona piú preziosa di un tempo che non sarebbe mai piú tornato. Ed ecco che l'ora del ricordo svaniva. Le loro mani si mossero all'unisono, cercandosi.

Sí, pensò Manrico, prima di sprofondare, il profumo di lei non era cambiato, non sarebbe mai cambiato, e lui lo avrebbe sempre riconosciuto, sempre cercato, se ne sarebbe lasciato avvolgere, poi lo avrebbe dimenticato e avrebbe cercato altri e diversi profumi, infine se ne sarebbe ricordato, di colpo, senza un perché, o sarebbe stata lei a ricordarglielo – sí, è questo che sono, questo che sarò sempre, maturo Cherubino, *Non trovo pace, notte, ne dí, ma pur mi piace languir cosí…*

XIV.

Un furgone nero era sbucato all'improvviso sulla strada, forse il conducente aveva perso il controllo. In quel momento il sovrintendente Pampinella usciva dal *Tatum Bar* di via Portuense, dove aveva appena consumato un paio di birre. Erano circa le 20 di giovedí 17 gennaio. L'impatto, ripreso da una videocamera di sorveglianza attiva, era stato inevitabile. Per Pampinella non c'era stato niente da fare. Cianchetti era venuta a saperlo la mattina dopo, intorno alle 10, telefonando al commissariato presso il quale il sovrintendente prestava servizio.

Il Pm di turno era a letto col raffreddore e aveva demandato i primi accertamenti alla Municipale. Il dirigente incaricato aveva dato un'occhiata alle tracce sull'asfalto, poi si era spostato verso il corpo del poliziotto, che giaceva disarticolato a una sessantina di metri dal punto in cui era stato travolto.

– Omicidio stradale, – aveva sentenziato.

Deborah Cianchetti terminò la sua stringata relazione. Manrico percorse con un'occhiata panoramica la squadra, schierata al completo nel suo ufficio: Vitale e Orru avevano gli occhi bassi, come se non osassero guardarlo in faccia. Brunella, invece, diversamente dal solito, sorrideva, serafica. Tutte pensavano la stessa cosa: che ancora una volta il contino ci aveva visto giusto, che la storia delle due trans morte puzzava, che se si voleva considerare l'investimento di

Pampinella «una coincidenza», be', le coincidenze stavano diventando un po' troppe. In altri contesti ci sarebbero state scuse, recriminazioni, e forse i toni si sarebbero surriscaldati. Non fra di loro. Non erano tipi da auto-da-fè. La pacata compostezza con cui attendevano direttive dal capo era piú che sufficiente a cancellare l'incredulità dei giorni passati.

– Me sa che se c'annavo subito, quando m'ha telefonato l'altra sera... – si rammaricò Cianchetti.

– Non lo sapremo mai, – la consolò, pragmatico, Manrico, – comunque, è venuto il momento di giocare a carte scoperte. Riapriamo i fascicoli Veronica e Betty e li uniamo alla morte di Pampinella. Cianchetti, mi prepari una relazione di servizio dettagliata. Partendo dalle dichiarazioni del Farina, le prime indagini preliminari, il colloquio con il suo defunto collega... Non tralasciamo niente.

– E me pare giusto! – concordò Cianchetti. Non le sembrava vero di tornare a occuparsi di una storia come si deve. In piú c'era quel vago senso di colpa per non avere incontrato subito Pampinella.

– Vitale, lei si occupi dei decreti di perquisizione. Cominciamo da casa della vittima. Poi vediamo che cosa ci racconta il suo cellulare...

– Niente, – disse, asciutta, Gavina, – il pezzo piú grande che hanno trovato è quanto il mio dito mignolo...

– E tu come fai a saperlo? – Deborah corrugò la fronte.

– Sta nel verbale di sopralluogo. Quelli della Municipale sono stati molto veloci.

– Vuol dire che ci accontenteremo dei tabulati, – tagliò corto Manrico.

– Ma a quanto risulta c'è già un fascicolo aperto per omicidio stradale, – puntualizzò Orru.

– Questo, in effetti, potrebbe essere un problema, – ammise Manrico. – Chi ce l'ha il caso?

– Percivalle, – rispose Vitale.
– Mi è venuta un'idea, – replicò lui, con un sorriso furbo.

Mezz'ora dopo Manrico era nel sontuoso ufficio del procuratore capo Gaspare Melchiorre. Con lui Valentina Poli, che sedeva intimidita sulla punta di una poltroncina, quasi sgomenta di essere stata ammessa, per la seconda volta da quando l'avevano trasferita nella capitale, alla presenza del capo della Procura. In effetti, ottenere un colloquio con Gaspare Melchiorre, e in cosí breve tempo, non era cosa da tutti. Il procuratore, soprannominato la «volpe argentata» per i candidi e fluenti capelli, l'eleganza dei modi e l'abilità indiscussa nel gestire le situazioni scabrose con astuzia sopraffina, si concedeva molto di rado ai subordinati, e sempre previo appuntamento preso con almeno un giorno d'anticipo. Non era altrettanto parco di sé con alte cariche pubbliche, giornalisti influenti e principi del foro, ma quando ti riceveva, dedicandoti per il tempo concesso, fossero cinque minuti o un'ora, l'attenzione degna di un capo di Stato, il suo gusto per il potere degradava a particolare secondario. Melchiorre dava sempre l'impressione di ascoltare sul serio l'interlocutore, e di essere disposto a venirgli incontro il piú possibile. Che poi lo facesse davvero era un altro paio di maniche. A Manrico, però, lo univa un rapporto di autentica amicizia. Melchiorre, piú anziano di qualche anno, era stato una specie di mentore per il contino (nonché la gola profonda che aveva propalato il titolo nobiliare alla cittadella giudiziaria), con il quale aveva condiviso tante battaglie per una giustizia a misura d'uomo, né crudele coi deboli, né codarda coi potenti. Altri tempi. Le strade si erano separate quando la carriera aveva preso il sopravvento. Comunque il legame restava profondo, anche se appena velato da un inconfessato do ut des: Manrico aveva risolto con grande discrezione e tatto casi delicatissimi, di quelli che rischiano di bruciare anche un navigato politico come Melchiorre, e in cambio il procuratore evitava di sovraccaricarlo delle ordinarie incombenze burocratiche che, negli ultimi anni, stavano trasformando professionisti pagati per rendere giustizia in travet compilatori di moduli prestampati. Di solito, era Melchiorre a muovere il primo passo. Questa volta toccava a Manrico.

– Te la faccio breve, Gaspare. Come avrai saputo, stanotte un furgone pirata ha ammazzato un poliziotto.

– Vuoi che non lo sappia? Non faccio altro che ricevere telefonate indignate da sindacalisti, alti gradi, sottosegretari...

– Io credo che questa morte sia legata a due vecchi casi che ho intenzione di riaprire.

– Due vecchi casi? Due in una volta?

– Sí. E tanto per non farsi mancare niente, c'entra pure un pentito.

Manrico gli porse l'informativa che Cianchetti aveva stilato a tempo record; intanto che il procuratore la compulsava, lui gliene spiegava i passaggi salienti.

Quando tacque, Melchiorre sbuffò, palesemente scontento.

Manrico Spinori della Rocca non era tipo da parlare a vanvera. Era un suo uomo di punta, e di solito ci prendeva. Ma era anche – *absit iniuria verbis* – un gran rompicoglioni. Un vetero democratico ancorato a un'idea romantica della giustizia. E il romanticismo da mo' che era trapassato!

– Mi chiedi molto. Riaprire un caso già risolto... E quell'altra, come si chiamava...

– Betty.

– Un'overdose... ma, scusa, perché t'interessa tanto?

– Perché se un innocente si è ammazzato per colpa di un'indagine poco approfondita, io mi sento responsabile. E se un figlio di buona donna l'ha fatta franca a causa della mia superficialità, mi sento doppiamente responsabile!

Il guaio, considerò Melchiorre dal rifugio sicuro del cinismo che, faticosamente conquistato, gli stava garantendo un luminoso finale di carriera, il guaio non era tanto che Manrico potesse avere ragione – a questo si poneva facilmente rimedio – il guaio era che il contino, lui lo sapeva, non si sarebbe fermato davanti a niente. Conosceva la sua determinazione. C'era un solo modo per prevenire possibili disastri. Assecondare vigilando e, ove si fosse reso necessario, troncare e sopire.

– Chi è il titolare dell'inchiesta?

– Percivalle. Ma è a letto col raffreddore.

– Non è una novità.

Melchiorre rivolse un bel sorriso alla giovane Poli.

– Per farti capire, e senza maldicenza... non è che il collega Percivalle sia proprio in cima alle statistiche di produttività...

– E siccome lui è fuori gioco per un po', – riprese Manrico, – ho pensato che potresti affiancarmi Valentina Poli.

Se Melchiorre conosceva Manrico come le sue tasche, a sua volta Manrico conosceva Melchiorre a perfezione. La presenza della giovane collega non era, dunque, casuale.

– Che cosa suggerisci? – domandò il procuratore.

– Due fascicoli. Uno contro ignoti per le trans morte, nel quale far confluire le informazioni di Cianchetti, e l'altro per omicidio stradale contro ignoti... quello che già c'è, insomma, solo che tu lo affidi a lei, – e indicò Valentina Poli, – e quando è il momento i due filoni confluiscono in...

– La giovane collega Poli... – ironizzò, con un sorriso cattivello, la volpe argentata.

Lo sguardo di Valentina si fece duro.

– Sinceramente, signor procuratore, da quando sono qui a Roma sono stata mandata ogni giorno in udienza, ho firmato non so quanti decreti di archiviazione lasciati dai colleghi che mi hanno preceduto, mi sono fatta quindici turni arrestati, ma una seria inchiesta...

– Da dove vieni?

– Procura di Palmi. Ho lavorato per anni sui flussi di denaro delle 'ndrine. La soddisfa come referenza?

Manrico ridacchiò fra sé. Melchiorre sembrò apprezzare. Insolentina, la giovane collega, ma forse se l'era meritata.

– Sta bene, – disse, con il ghigno mefistofelico delle grandi occasioni rivolto, come unico destinatario, al contino.

– È andata, – commentò Manrico, uscendo dall'ufficio del procuratore.

– Grazie, ma quando avrò bisogno di un tutore te lo farò sapere, – lo gelò lei, piantandolo in asso.

XV.

Un sabato di sole baciato da una brezza gentile e carezzevole, il centro che si accendeva di tinteggiature da decadentismo dannunziano... uno di quei doni imprevisti che i romani non si facevano scrupolo di gradire, beninteso con la consueta aria di sufficienza di chi si ritiene ancora abitante della Caput Mundi. Ma, visto che quell'eterno miscuglio di arroganza e superficialità non lo aveva mai contagiato – e questo non perché lui fosse diverso dai suoi concittadini, sosteneva la sua ex moglie Adelaide, ma perché ammalato di un inguaribile senso di superiorità –, Manrico si sentiva scaldare il cuore dallo splendore di piazza Farnese, dalle bandiere che sventolavano al balcone dell'ambasciata di Francia – le cui porte-finestre spalancate regalavano scorci del meraviglioso soffitto affrescato dal Carracci –, dall'elicottero che ronzava pigro nel cielo limpidissimo, dai cani che si rincorrevano fra latrati e gridolini di bambini. Era di umore tanto sereno da non curarsi della nauseabonda sarabanda di macchine che cercavano un buco dove accostare, a dispetto dei cartelli di divieto. C'entravano la magia di Roma, la terrazza dello storico ristorante *Camponeschi*, coi suoi camerieri gai e consapevoli, cosí fuori dal tempo, cosí lontani dai discepoli clonati dalle scuole alberghiere, e c'entrava Valentina Poli, col suo sorriso fresco, con i capelli mossi dal vento che spandevano fragranze di shampoo tenue e gli occhioni spalancati su una città che «se continua cosí finirà che mi piace pure!»

– Roma è bella.

– Io a essere sinceri non la capisco mica. Te lo dicevo già l'altra sera a casa tua, tutti questi riti, questi balletti, mi sembra tutto finto, qua!

– Diversa da Macerata, eh?

– Ovvio, come il giorno e la notte. Però per me è giusto girare, conoscere posti nuovi...

– Tipo Palmi.

– È meglio di quanto non si creda, – sorrise lei. Poi di colpo si rabbuiò.

– L'altro giorno, quando siamo usciti dall'ufficio del Procuratore... sono stata un po' sgarbata, ma è che...

– No, semmai sono io che devo scusarmi. Devo esserti sembrato un vecchio paternalista, l'anziano collega che protegge la giovinetta...

– Non sei vecchio.

– Grazie.

– E comunque non giochi a fare il giovane a tutti i costi.

Risero. Con eccezionale tempismo, comparve un cameriere.

– Oh, finalmente si ordina! – Valentina afferrò la carta e, con un sorriso incantevole, quasi si scusò. – Te lo dico subito, io non sono una da insalatine...

No, decisamente non era una da insalatine. Le specialità romane, piuttosto, la attraevano. Carciofo alla giudia, cacio e pepe con carciofo, coda alla vaccinara... fuori generazione, a quanto pareva (del resto, quanto a fisico poteva battersela con la Cianchetti). E, confessò, quando giocava nelle giovanili della squadra di pallavolo – una speranza del volley nazionale, ma lo studio e il concorso, alla fine, s'erano portati via tutto – era pure peggio. Il cameriere serví bollicine di benvenuto, sottolineando il piacere di «rivedere il signor conte». Valentina non riuscí a controllare una bella risata, franca, con uno di quei guizzi di gola, da potenziale contralto, che immancabilmente facevano sussultare Manrico. La voce. La voce era decisiva, in una donna. Non era mai riuscito a innamorarsi di una donna che non avesse una bella voce.

– Scusa, questa faccenda del conte... lo sai che all'inizio non ci volevo crede'?

Il fondo marchigiano era un evidente tratto di spontaneità, e contribuiva ad arricchire la piacevolezza di Valentina. Ma nessun secondo fine, si era detto Manrico, quando l'aveva invitata a pranzo – lasciava volentieri l'espressione «colazione» ai padani – e lei aveva accettato su due piedi, senza nemmeno dissimulare la contentezza. Nessun secondo fine. Dopotutto era ancora avvolto dalle fragranze di Sibilla. Si erano telefonati, quella mattina: lei era in partenza per l'Australia con un famoso scrittore-viaggiatore, sulle tracce degli ultimi anziani della nazione aborigena Gumbaynggirr. Naturalmente si erano detti che certi episodi non si sarebbero piú dovuti ripetere. E naturalmente erano entrambi consapevoli di mentire.

Manrico si adeguò al menu. Valentina gli lasciò, anzi, gli impose la scelta del vino. Manrico optò per un robusto Barbaresco. Lui le chiese di parlargli di Macerata. Lei raccontò la sua città con un amore e un trasporto che di rado gli era capitato di sentire in qualcuno nato in provincia. Passarono i primi, e i secondi, e un'altra bottiglia di Barbaresco, senza che ci fosse alcun accenno al lavoro, che in teoria costituiva l'oggetto dell'incontro. Il tempo trascorreva placido, riconciliato. Sul caffè erano rimasti gli ultimi clienti. Manrico le consegnò l'incartamento Veronica e il fascicoletto sulla morte per overdose di Betty. Quest'ultimo constava, di fatto, del verbale di intervento dell'equipaggio Luberti-Pampinella e di qualche articolo di giornale raccattato in rete da Orru. Piú denso, ma lo stesso esile, il faldone degli atti relativi all'omicidio di viale Jonio. Il suicidio di Ridorè aveva posto fine alle attività d'indagine.

– Ho fatto copie di tutti gli atti. Magari a me è sfuggito qualcosa, Valentina.

– Ci provo, Manrico. C'è qualche materiale su cui lavorare?

– Poco e niente. I genitori, ai quali, fra l'altro, mandava regolarmente una bella sommetta a fine mese, si sono presi tutto. Compresa la Handycam...

Lei gli regalò un bel sorriso. Bello, ma deciso.

– Secondo me fai male a sentirti in colpa, Manrico.

– Si nota molto?

– Altroché! Ma vedila cosí: magari Veronica era una ricattatrice... era quello che avevi pensato, allora, no, la storia della videocamera...

– Già.

– Eh! Magari è stato davvero Ridorè ad ammazzarla e poi non ce l'ha fatta a reggere il peso... non è mica colpa tua se si è suicidato... non possiamo farci carico né di tutti i delinquenti che mettiamo dentro né di tutti quelli che commettono errori nella vita...

Cosí giovane e già cosí saggia! E lui? All'età di Valentina non aveva le idee altrettanto chiare. E col tempo, la confusione si faceva sempre piú pressante. Ordinò un secondo caffè per entrambi.

– Avevo un amico, Valentina, uno che si era fatto molti anni di galera...

– Ed era amico tuo?

– Si cambia nella vita. Poi si era laureato, aveva ottenuto la grazia, era diventato uno studioso delle carceri e delle vite marginali.

– E?

– E aveva condotto numerose inchieste sul campo. Vedi, lui ci parlava con quelle come Veronica, si faceva raccontare la loro vita, entrava nei loro pensieri... noi siamo abituati a pensare: o poveracci, o malacarne. Be', loro la vedono esattamente come noi. O poveracci, o malacarne.

– Insomma, secondo loro gli sfigati saremmo noi.

– Dipende dai punti di vista. Tu osservi... noi osserviamo loro e loro ci osservano. Questa era la lezione del mio amico.

I caffè furono serviti a tempo di record. Era ora di sloggiare. Valentina ricevette un messaggio e buttò giú la sua bevanda.

– Ho fatto tardi, Manrico, scusami, ma devo correre a Macerata, c'è mamma che aspetta...

– Non vorrai guidare dopo quello che ci siamo bevuti!

– Ho chi mi accompagna, – rispose lei. Con un po' di rossore e abbassando lo sguardo.

Sabato mattina erano arrivati i tabulati di Pampinella. Gavina si era riservata la domenica per la consultazione. Cianchetti le aveva dato una mano ed era finita che, mentre le due poliziotte incrociavano i dati, i rispettivi, Filippo il cinefilo e l'ispettore Diego Cosenza, ormai quasi inseparabili, si erano spalmati davanti al televisore sparandosi due partite della serie A e mezza della Liga spagnola. Le sbirre avevano tratto le loro conclusioni al momento della tradizionale pizza – questa volta erano rimasti in casa di Gavina, ordinando l'asporto dal napoletano all'angolo, con qualche protesta di Diego, inguaribilmente affezionato alla margherita romana, bassa, stracotta e scrocchiarella – e lí, da un inciso di Orru, era venuto fuori che al tempo dell'overdose di Betty il defunto Pampinella e Luberti lavoravano al commissariato Flaminio.

– Che anni erano, scusa? – s'era informato Diego, e avuta la risposta aveva calato un gran pugno sul tavolo.

– Amo', – aveva poi urlato, afferrando per un braccio Deborah, – nun ce crederai, ma lo sai chi ce lavorava allora a quel commissariato?

– No. Chi?

– Panunzio.

– E chi sarebbe?

– Come chi sarebbe! – s'intromise Filippo che, in preda a un'incomprensibile esaltazione, si mise a declamare una delle piú famose invettive del cinema italiano d'autore, l'elogio della repressione in *Indagine su un cittadino al di sopra di ogni sospetto*.

Deborah e Cosenza si guardarono perplessi. Gavina allargò le braccia, sconsolata.

– È una delle sue citazioni preferite.

– Un film che ha fatto epoca, – confermò Filippo. – Panunzio è l'assistente del Dottore, cioè del grandissimo Gian Maria Volonté, mentre lui, appunto, è interpretato da un meraviglioso caratterista di nome Aldo Rendine...

– Mai sentito, – ammisero, all'unisono, Cianchetti e Cosenza.

– È vecchio, però ancora attuale. Devo avere il Dvd da qualche parte...

Il Dvd c'era, e venne fuori – Cianchetti e Cosenza lo avrebbero certamente guardato, anche perché dopo Filippo li avrebbe obbligati a relazionare – tuttavia il Panunzio che al momento li interessava era il dirigente del servizio scorte che aveva fatto da mentore e maestro a Diego Cosenza.

XVI.

La squadra si riuní nel primo pomeriggio di lunedí nell'ufficio di Manrico. In mattinata, mentre Cianchetti si era incontrata col dirigente del commissariato Primavalle, ultimo luogo di lavoro di Pampinella, Vitale aveva perquisito la casa del defunto sovrintendente.

– Una stamberga, – riferí, – i vicini dicono che da quando la moglie l'aveva piantato si era lasciato andare...

Impossibile ignorare il fondo di amara soddisfazione con cui Sandra aveva sottolineato il naufragio umano del marito abbandonato.

– Stessa cosa dicono i colleghi, – confermò Cianchetti. – Beveva come una spugna e andava sempre in giro a chiedere soldi.

– Giocava? – chiese Valentina Poli.

– Il dirigente me l'ha dato per certo, – affermò Cianchetti.

– Prendeva mazzette? – ancora la Poli.

Cianchetti le lanciò un'occhiata malevola. Solo perché uno attraversa un momento di difficoltà, non è detto che...

Vitale si schiarí la voce.

– A casa non ho trovato niente di interessante, a parte questo...

Mostrò una piccola agenda consunta sulla quale, fra scarabocchi vari, erano annotate delle cifre. E un nome ricorrente: «Ram».

Orru annuí convinta.

– Torna.

– Torna con che cosa? – s'informò Manrico.

– Un numero che compare piú volte nei tabulati di Pampinella. Ramsinganan Parachutidian, cittadino dello Sri Lanka. Ram.

– È Pampinella che lo cerca o l'altro a cercare lui?

– Sempre l'altro. E risultano chiamate non risposte.

– Quindi verrebbe da pensare che questo Ram ha bisogno di qualcosa e Pampinella si nega...

– Soldi, no? Che altro? – La conclusione di Vitale era ovvia.

– Ci sono anche chiamate al centralino del consorzio Raffaello.

– Vale a dire il posto di lavoro dell'amico Luberti, – puntualizzò Deborah.

– Però, Cianchetti, – osservò Manrico, – quando lei ha incontrato Luberti lui le ha detto che spesso si sentivano perché Pampinella aveva bisogno di denaro...

– Spesso proprio no, ma sí, si sentivano...

– Novità sul furgone? – domandò Manrico.

– Ancora niente, – rispose Orru.

– Io sono appena arrivata, ma... – si lanciò Valentina Poli.

Manrico la incoraggiò a proseguire.

– Be', se volete la mia opinione... insomma, io ragionerei cosí... abbiamo questo... collaboratore, er Farina, che riferisce una voce... una voce generica. Troppo poco per indagare, no? Però poi spunta la prima coincidenza: i due poliziotti che trovano Veronica sono gli stessi che trovano Betty... allora l'ispettora Cianchetti va a parlare con loro, e a quanto pare non rileva niente di strano. Non fosse che a un certo punto Pampinella la cerca e le promette rivelazioni. L'ispettora fissa un appuntamento, Pampinella non ci va. Poi scopriamo che un automobilista pirata l'ha messo sotto. Potremmo ancora essere nel campo delle coincidenze. Potremmo supporre che Pampinella, che ha una vita disordinata, avesse dei nemici, e che qualcuno abbia voluto punirlo per qualcosa... Oppure... oppure davvero tutto parte dalla morte di Veronica. Lei non è stata uccisa da Ridorè. Ma da qualcun altro. E questo qualcun altro potrebbero essere i nostri... i poliziotti...

Deborah Cianchetti digrignò i denti. Non pensava ad altro da quando la storia aveva cominciato a montare. E come se non bastasse, lei e Diego Cosenza avevano appena visto quel maledetto film, Indagine su vattelappesca, una cosa di comunisti dove il capo della omicidi ammazza una donna e dopo semina indizi contro sé stesso. Che uno se ci pensa, vabbè... Però... però questa Poli dava voce a una possibilità concreta. Perché se davvero Veronica non l'aveva ammazzata Ridorè...

– Magari sono andati per rubarle qualcosa... – disse Vitale. – Sono successi dei casi...

– Oppure uno di loro aveva una relazione con lei, – suggerí Orru, – o semplicemente volevano farsi un giro a trans.

Manrico scosse la testa.

– Vi ricordo che all'epoca l'allarme fu dato da una telefonata anonima. Ipotizzammo che potesse trattarsi dello stesso Ridorè, la chiamata proveniva da casa di Veronica. La centrale operativa la smistò e la pattuglia piú vicina, vale a dire Pampinella e Luberti, accorse.

– Giusto, – e Cianchetti tirò un mezzo sospiro di sollievo.

– Ok, – ammise Valentina, – il dettaglio mi era sfuggito, ma...

– Ma? – la esortò Manrico.

– Niente. Se i poliziotti, come pare, sono andati lí per caso, abbiamo davvero poco per le mani…

Valentina aveva dato voce al pensiero che piú turbava Manrico. Avevano la mezza parola di un pentito e la morte di Pampinella. Ovvero un'ipotesi plausibile, un certo entusiasmo investigativo e nessuna prova. Bene, le prove le avrebbero cercate.

– D'accordo, – concluse Manrico, – faremo quello che è necessario fare. Nuovi interrogatori, convocazioni…

– Luberti lo intercettiamo? – chiese Cianchetti.

– Dovremmo, – disse Valentina, – se non altro per i rapporti con Pampinella.

– Intanto convochiamolo per domattina, – decise Manrico. – Orru: magari un giretto in rete, vediamo se su questo sovrintendente spunta qualcosa di interessante…

– Sarà fatto, – assicurò la sarda.

– Poi stiliamo un elenco dei clienti di Veronica e facciamo partire gli avvisi. Ma… lo dico a tutte: con la massima discrezione. Stiamo entrando a gamba tesa nella vita di persone che dieci anni fa… dieci anni fa… hanno avuto un contatto con una sex worker transessuale…

L'assemblea si sciolse. Cianchetti uscí sbuffando. Ammazzate quanto faceva il delicato, 'sto contino. Se, per dire, Diego Cosenza si fosse concesso un «contatto con una sex worker», altro che entrare a gamba tesa… gliel'avrebbe tagliato a pezzettini e servito in padella. Come minimo.

XVII.

Giorni d'indagine, giorni che scorrevano veloci. Ma non sempre velocità è sinonimo di efficienza. A volte, anzi, un moto vorticoso si rivela la maschera della perfetta immobilità.

L'ufficio sicurezza del consorzio Raffaello rispose a stretto giro, via mail, alla convocazione in Procura. Il dr Luberti, responsabile del servizio, era consapevole dell'importanza dell'incombente e ansioso di mettersi a disposizione del procuratore Spinori, ma sfortunatamente al momento si trovava impegnato in una missione all'estero. Il rientro in sede era previsto per il successivo giovedí. Era possibile fissare un'altra data?

Manrico fece inoltrare una nuova Pec, spostando la convocazione al venerdí, poi rispolverò i vecchi verbali del caso Veronica. Dai tabulati telefonici dell'epoca risultava che, il giorno dell'omicidio, due dei clienti della vittima si trovavano fuori Roma: il fatto emergeva con chiarezza dalle celle agganciate dai loro portatili. Fra le persone che quel giorno l'avevano contattata, e che avrebbero dunque dovuto essere risentite, residuavano il regista televisivo, il sottosegretario e l'aristocratico torinese che quel giovedí aveva riunione nella capitale.

Manrico li convocò tutti per la settimana successiva come persone informate dei fatti, e telefonò personalmente ai carabinieri territorialmente competenti raccomandando di notificare gli atti non in luogo pubblico e con la massima riservatezza. Orru procurò i nuovi numeri di telefono. Manrico domandò al giudice per le indagini preliminari di intercettarli, e aggiunse alla lista il nome di Sergio Luberti. Il Gip, un collega di quelli preparati e puntuti, pretese spiegazioni.

– È un procedimento contro ignoti, per il momento. Due procedimenti, per la verità.

– Vorresti intercettare persone che non sono né indiziate né indagate.

– Prima di sentirli vorrei sapere se nascondono qualcosa... si tratta di omicidio, in fondo. Magari ne parlano fra loro, commentano, qualcuno potrebbe farsi prendere dal panico...

– Pure il poliziotto?

– Ex. Il collega con cui lavorava è una delle tre vittime.

– Tre vittime?

– Due trans e un sovrintendente.

– Vedo che questo ex poliziotto lavora al consorzio Raffaello. Hai chiesto di intercettare anche il numero interno...

– Voglio essere sincero con te. Stiamo procedendo random. Consideralo un mandato esplorativo.

– Una sola volta, Manrico, e se non trovi niente non azzardarti a chiedere una proroga, – concesse, infine, il collega, severo.

Manrico ringraziò, assicurò che si sarebbe fatto bastare i quindici giorni concessi dalla legge e girò l'incartamento alla Orru, che nel frattempo, durante una delle sue ricerche incrociate, si era imbattuta di nuovo in Ram il cingalese. Compariva in un'inchiesta, poi archiviata, per usura. Manrico tornò dal Gip e chiese e ottenne un nuovo decreto di intercettazione.

Il Panunzio, che ricevette Deborah Cianchetti a bordo ring della palestra dei corpi speciali della Piesse, era un animale di uno e novanta per oltre cento chili, cranio rasato, avambracci poderosi con tatuaggio dei parà e un accenno di barba che cominciava a tendere al grigio. Niente a che vedere con l'omonimo del film di Petri&Pirro, un servile e mellifluo burocrate. Il luogo dell'incontro, piuttosto eccentrico, trasudava il consueto effluvio testosteronico degli aggregati di maschi, al quale andava aggiunto il tocco personale del boxeur – Panunzio – reduce da tre riprese all'ultimo sangue con un allievo molto piú giovane, molto piú atletico, molto piú in forma di lui. Ma decisamente meno cattivo; infatti, mentre il veterano si sfilava i guantoni con l'aria soddisfatta, l'altro se ne stava appoggiato alle corde massaggiandosi con una smorfia di dolore il basso ventre.

– Però nun è corretto, maestro!

– A Lonigro, che i talebani so' corretti?

– Ma io sto' a anna' in Libia, là mica ce so' talebani!

– E che te frega? Intanto, impara la lezione: mai abbassare la guardia. Manco coll'amichi. Soprattutto co' loro.

Poi Panunzio si rivolse finalmente a Deborah.

– Te devi esse' la ragazza de Diego.

– Ispettora Deborah Cianchetti, signor vicequestore.

– Seeh seeh, lassamo perde'... vie' co' me, bella.

L'aspetto piú paradossale della scena – Deborah faticava davvero a contenere la risata che premeva per erompere – era la voce dell'omone: una specie di pigolio che stava fra l'aspro e l'impercettibile, e mostrava un contrasto inaudito con l'aspetto esteriore da orco delle fiabe. Ma per come gliene aveva parlato Diego, la persona era di assoluto valore, di totale fiducia, di lealtà specchiata. Approdarono al tavolino di un piccolo stanzino-bar, in fondo al salone principale della palestra. Sui quadrati intorno c'erano coppie di sbirri che se le davano di santa ragione. Qualcuno saltava la corda. In un angolo un supermacho sfidava il carico massimo di una macchina «fly» per l'estensione dei pettorali. Panunzio ordinò al barman, anche lui bello tonico, due birre. E si sfilò la maglietta.

– Tanto tu non te formalizzi, spero.

– Ci mancherebbe.

– Scusa se t'ho ricevuto qua, ma fra tre ore c'ho il volo per Israele. Abbiamo un corso d'aggiornamento. Ce dovresti veni' 'na volta. Io n'ho conosciuti de fiji de 'na mignotta, ma come quelli...

– Ci sono stata, – disse Deborah.

– In Israele?

– Ho studiato Krav Maga con Ben Mendel.

– Mecojoni!

Arrivarono le birre. Panunzio sollevò la sua lattina e chinò il capo in segno di stima.

– E brava Deborah e bravo Diego... a proposito, come se comporta?

– Bene, direi.

– E ce credo! È un pezzo de pane! Pe' insegnaje a mena' sapessi che fatica! Quando è venuto qua per il primo addestramento sembrava un agnellino... poi magari mo' s'è fatto un ber montone!

Lasciò partire un ghigno che la sua vocina acuta trasformò in un cachinno davvero irresistibile. E siccome aveva riso lui, finalmente poté ridere anche Deborah. Bene. L'atmosfera si era sciolta. Deborah chiese al vicequestore di Pampinella e Luberti.

– Ah, quei due... mah! Pampinella era un caso disperato. Dice che l'hanno messo sotto, no?

– Un investimento sospetto.

– E avrà tirato la sòla a quello sbajato. Non per dire male di un collega che non c'è piú, ma di quelli come lui 'na polizia come se deve se ne dovrebbe proprio libera'...

– Corrotto?

– Corrotto. Ladro. Giocatore. Un vero stronzo.

Lei gli accennò al caso. Panunzio scosse la testa.

– E dici che tutte e due le volte stavano lui e Luberti.

– Sí.

– Questo mi suona strano.

– Perché?

– Perché Luberti nun è cosí. È furbo, e se vede dalla carriera c'ha fatto... Già quanno stava ar commissariato studiava, faceva le serali, s'è preso la laurea in legge; poi ci sapeva fare alla grande coi sistemi informatici... Oh, te dico 'na cosa: de pattuglia co' Pampinella nun ce voleva anna' nessuno. Eravamo arrivati al punto che tiravamo a sorte. Un paio di volte però, mo' che me ce fai pensa'... lui, Luberti, aveva sostituito qualche collega...

Allora la versione di Luberti era confermata. Un cambio di turno imprevisto per fare un favore a un collega.

– Tipo uno che aveva la moglie incinta?

– Mo' nun è che me ricordo, ma insomma se Luberti poteva da' 'na mano... la dava...

Pampinella cattivo, Luberti buono. Se si era cominciato a intuire un embrione di teorema, le parole di Panunzio – che sembrava la sincerità fatta persona – lo facevano seriamente vacillare. Pampinella era l'anima nera. Pampinella era morto. E amen.

– Io la ringrazio, dott...

– E damose del tu, a Deborah! Sai, per me Diego è come un fratellino, perciò tu sei mi' cognata...

Alla fine, cosí grande, grosso e sudato, Panunzio era un simpaticone. Poi, Diego gli voleva tanto bene... Deborah accettò la mano che lui le tendeva. E si ritrovò col braccio dietro la schiena. Stretto in una morsa da cui era impossibile liberarsi.

– Ma che cazz...

– E nun m'hai sentito quanno ho detto a quell'antro che nun te devi mai fida'?

– Ma va a quel paese!

Panunzio la lasciò andare, con l'aria vagamente contrita.

– Dài, su, è 'no scherzo, stasera lo racconti a Diego...

Il barman, che aveva assistito alla scena, si stava facendo una bella risata.

– Grazie, – disse lei, massaggiandosi il braccio indolenzito, – grazie. È stata una bella lezione.

Panunzio annuí. E non si accorse del calcio in mezzo alle gambe se non quando, piegato in due, si ritrovò a mugolare con le lacrime agli occhi. L'ispettora portava gli stivali a punta e con la punta aveva colpito.

Quella sera Deborah e Diego innaffiarono l'amatriciana con una bottiglia di Cesanese che un agente imberbe aveva consegnato poco prima dell'ora di cena. Il robusto rosso laziale era accompagnato da un bigliettino: «Mortacci tua quanto meni! Il tuo amico Panunzio».

Alcune videocamere di sorveglianza poste a un paio di centinaia di metri dal luogo del mortale investimento del sovrintendente Pampinella avevano ripreso il furgone. Gli esperti della Scientifica erano risaliti alla marca e al modello: un vecchio Chevrolet Astro fabbricato alla fine degli anni Novanta. Altre videocamere avevano inquadrato, a circa un chilometro in direzione della periferia Sud della capitale, la targa del mezzo. Inserita nei terminali della motorizzazione, era risultata inesistente. Si era dunque alle prese con un veicolo «pezzottato»: rubato e messo in circolazione con una targa a sua volta ricavata da pezzi di altre targhe. Ritrovarlo era impresa di enorme difficoltà, a meno che la fortuna non desse una mano.

E la fortuna, una mano, la dette.

Verso le prime luci dell'alba del giovedí, una pattuglia della Municipale, in servizio lungo la via Laurentina, fuori dal centro abitato, durante una normale operazione di routine, fermò per un controllo uno Chevrolet Astro di colore nero. Gli operanti, dopo aver chiesto al giovane guidatore patente e libretto, inserirono la targa nel terminale e scoprirono che si trattava proprio del veicolo ricercato. Ma a quel punto l'autista era già scomparso: approfittando di un momento di distrazione di uno dei due controllori (l'altro si era allontanato per mettersi in contatto con la centrale operativa) si era dato alla fuga attraverso i campi.

Quando la notizia si sparse, Vitale si ricordò che in quella zona, a poca distanza dal tratto stradale dove era avvenuto il controllo, c'era un campo nomadi abusivo. Fu organizzata una perquisizione. Saltarono fuori un paio di pistole clandestine, un latitante con un residuo pena da espiare di sei mesi, una vecchia Mercedes 190 rubata quando ancora in Italia le transazioni si facevano in lire e non in euro, due stecche di hashish e un paio di calderari colpiti da tempo da foglio di via. Poca roba. Niente, se si consideravano i giuramenti di alcuni anziani con la mano sul cuore: nessun ragazzo era rientrato nel campo raccontando di aver rubato un furgone nero, non era roba loro.

Alla perquisizione aveva partecipato Valentina Poli. Vitale si era subito resa conto che la giovane Pm non aveva mai messo piede in un luogo simile. Ammirò, comunque, la sua compostezza, e s'intenerí quando la vide pescare qualcosa nella borsetta e girarla a un paio di bimbetti laceri: laceri, valutò dall'alto della sua esperienza, ma pur sempre con lo sguardo acceso da quel brillio furbo di chi ha imparato presto a difendersi dalla vita. Sarebbe rimasta stupita, Vitale, se avesse capito quel che passava per la testa di Valentina. Il fatto è che la Pm era rimasta molto colpita dalla conversazione avuta con Manrico da *Campo-neschi*, quando il contino le aveva parlato del suo amico ex galeotto esortandola a osservare la realtà da un diverso punto di vista, a vederla come la vedono gli altri, insomma. Quei ragazzini, per esempio. Li si poteva giudicare sporchi, maltrattati, abbandonati a sé stessi, oppure ci si poteva lasciar contagiare dalla loro carica vitale, da quei sorrisi interrotti da larghi squarci fra i denti, dai giochi rissosi e chiassosi che non denunciavano per forza infelicità, ma una paradossale gioia di essere al mondo. Paradossale ai suoi occhi, perfettamente normale a quelli dei bambini. Prima di rientrare in ufficio, Valentina tornò verso la roulotte dove – cosí le era parso di capire – risiedeva il capo del campo, e lo affrontò. Sembrava vecchio, ma magari era appena un sessantenne. Aveva una lunga barba bianca e fumava un sigaro puzzolente.

– Io non ho niente contro di voi, – esordí Valentina.

– Neanche io contro di voi, – rispose lui, pronto. E sarcastico.

– Ma se qualcuno qui ha qualcosa da dire… venga da me. Io cercherò di aiutarvi. Con quel furgone è stato ucciso un uomo. Se qualcuno dei vostri l'ha preso… per qualunque motivo… e può dimostrare che non l'ha usato per uccidere… io gli crederò. E farò in modo che gli credano tutti.

– Nessuno crede alla mia gente, signora, – tagliò corto il vecchio. Sputò per terra e rientrò nella roulotte.

– Lo vede? – commentò Vitale. – È tempo sprecato…

Cominciarono ad affluire le prime intercettazioni. Il regista e l'aristocratico si misero in contatto con i propri avvocati, chiesero e ottennero colloqui privati – che non potevano essere intercettati – e non commentarono in alcun modo la convocazione ricevuta. Né si scambiarono, fra loro, alcuna comunicazione. Del resto, perché avrebbero dovuto conoscersi, visto che abitavano in città diverse e che l'unico legame fra loro era l'antica frequentazione con Veronica? Quanto al sottosegretario, da tempo non era piú tale; si trovava agli arresti domiciliari per una storiaccia di corruzione e aveva il divieto di usare il cellulare. Luberti, invece, lui era un'altra storia.

– È ben protetto, – disse Orru.

– Cioè? – Manrico non era proprio un esperto del ramo.

– Ha sistemi di protezione sofisticati. Roba di alta tecnologia.

– Quanto alta?

– Altissima.

– Quindi non riusciamo a entrarci?

– Adesso non mi sottovaluti, – sorrise Orru, ma con un certo disappunto.

– Come non detto.

– Solo che, – riprese Gavina, – quando uno è cosí guardingo, le intercettazioni servono a poco.

– Capisco.

– D'altronde ha una sua storia interessante, questo Luberti.

Uscito dalla polizia qualche mese dopo l'intervento da Betty, aveva fondato una piccola agenzia di investigazioni private, la Alternative Services. Nel giro di due anni l'aveva liquidata ed era stato assunto dal consorzio Raffaello.

– Sappiamo come? – s'informò Manrico.

– Ha risposto a una call ed è stato selezionato.

– Certo che si trova di tutto, oggi, in rete! – commentò il contino.

Il sorriso di Orru significava: fermiamoci qui, consigliere.

Eh, sí. Raffaello era – come da rassegna stampa, anch'essa preparata da Orru – «un'impressionante realtà produttiva, vanto del paese, bandiera dell'italianità nel mondo». Non avrebbe preso il primo venuto. Interessante, però, il salto da sbirro di strada a dirigente di security, e di alto livello.

– Però intanto qualcosa è uscito su quel Ram, il cingalese… – riprese Orru.

Dai brogliacci delle intercettazioni era venuto fuori che questo Ram era uno strano cingalese dall'accento campano. Che tutte le telefonate vertevano, per cosí dire, sul recupero crediti. Che il linguaggio era di quelli forti: se non paghi ti strappo le orecchie e te le appendo al portone di casa… hai una bella figlia, che peccato se te la dovessi rovinare… guarda che quando stai sulla sedia a rotelle 'a vita è 'na chiavica… Pane per i denti della Cianchetti, che in mezza giornata, mettendosi all'ascolto diretto delle conversazioni, localizzò orario e luogo di un appuntamento per una «consegna». E poco prima del tramonto, fuori da una sala giochi equivoca al Quadraro, mise le manette ai polsi al sedicente Ram, in realtà Fasulo Ciro, meglio conosciuto come 'O Fraolese, dalla natia Afragola, provincia di Napoli (a molte migliaia di chilometri di distanza dallo Sri Lanka), strozzino e usuraio. Debitamente informato, Manrico si fece portare l'uomo in ufficio. Assistito dallo storico difensore, 'O Fraolese confessò seduta stante i «recuperi crediti», fornendo per ciascuno di essi una versione fantasiosa: a questo aveva aggiustato il condizionatore d'aria perché perdeva, ma poi 'o fetiente nun aveva pavato e allora era stato costretto a ricorrere alle maniere forti… a quest'altro aveva anticipato le spese per l'assicurazione della macchina, a uno aveva venduto un cucciolo di cane di razza, a un altro una cucina con tanto di forno a legna... sí, aveva esagerato con il linguaggio, ma era per mettere paura, lui quelle cose che minacciava mica le avrebbe mai fatte, era un padre di famiglia, un pezzo di pane...

– Mi parli del sovrintendente Pampinella, – disse, asciutto, Manrico, quando ne ebbe abbastanza della litania.

Fasulo Ciro si fece di tutti i colori.

– Ma chi? Quello che hanno investito?

– E tu come fai a saperlo?

– Ma stava su tutte le televisioni! Il pirata della strada, dice che è uno zingaro...

– Vabbè. Allora, ne sai qualcosa di questa storia?

– No, giuro! Quello stava chine 'e diebbite fino a qua, – e si toccò la gola, – e io gli davo corda perché in fondo 'na guardia po' sempre servi', però...

– E magari ti sei rotto le palle di aspettare e l'hai messo sotto! – incalzò Deborah.

L'avvocato, una vecchia lenza che ben conosceva Cianchetti, allargò le braccia.

– Ispetto', non le pare di esagerare?

L'afragolese giunse le mani in un gesto disperato.

– Ma che andate dicendo? Ma voi siete uscita pazza! Ma quanno mai! Quello aveva detto che pagava, che teneva un grosso affare per le mani, e io gli davo tempo... ma che cosa...

L'interrogatorio finí poco prima della mezzanotte. Manrico dispose il fermo. Fasulo Ciro: estorsione, furto, piccolo spaccio, recitavano i precedenti. Ma un omicidio? E poi, si sa, lo strozzino strozza lentamente, ma non fino all'asfissia, ferisce, ma non a morte. Per una volta, lui e Deborah erano in sintonia.

– C'è questa cosa che ha detto, dotto'...

– Quale, fra le tante?

– Quella che Pampinella sosteneva di avere un grosso affare per le mani... che avrebbe pagato... torna, non le pare?

– Torna, torna... – concluse Manrico, pensieroso.

Se c'era una cosa che non tornava, invece, si trovò a rimuginare nel cuore della notte, angosciato dalla nebulosità in cui il caso si stava arenando, era l'opera. Nessuna idea, su quel fronte. Nessun personaggio che Veronica o Betty gli facessero venire in mente. Niente di niente.

Il giovane sorpreso al volante dello Chevrolet Astro che aveva ucciso il sovrintendente Pampinella si chiamava Felix Oberovic, aveva diciannove anni e si presentò venerdí mattina da Valentina Poli in compagnia del capo famiglia rom con cui la Pm aveva parlato il giorno precedente e di un avvocato specializzato in casi disperati. Dichiarò di aver rubato il furgone due ore prima del fermo, quindi nel cuore della notte fra mercoledí e giovedí. Il veicolo era parcheggiato lungo la via Cristoforo Colombo. Non c'era stato nemmeno bisogno di forzare la serratura, perché era aperto.

– Mio nipote non è un assassino, – disse l'anziano, puntando gli occhi in quelli di Valentina Poli.

– Se ci sono immagini, – aggiunse il ragazzo, – tu vedi quando io l'ho preso. Di notte. Stava fermo là da due giorni. Non veniva nessuno. Ho pensato che era abbandonato. Tutto qui quello che ho fatto.

La Pm si fece spiegare con esattezza il luogo dove era avvenuto il «prelevamento».

– Ci mettiamo subito all'opera per verificare, – assicurò.

– Allora noi adesso andiamo, – disse il capo famiglia, e fece per alzarsi.

– Questo non è possibile, – replicò lei.

L'altro la fissò con uno sguardo gonfio di amarezza.

– Tu hai fatto una promessa.

– Potrebbe concedere gli arresti domiciliari presso il campo nomadi, – azzardò l'avvocato, – dopo tutto il ragazzo è incensurato…

– Procederemo alle verifiche con la massima velocità, – ripeté lei.

Si spostò nella cancelleria di Manrico. Chiese alla Vitale di preparare il verbale d'arresto e lo convalidò al volo. Implorò Orru di darsi da fare con le videocamere. Poi uscí a prendere una boccata d'aria, preda di un malessere che sentiva di non accettare sino in fondo. Stava solo facendo il proprio dovere. Doveva rientrare, rimettersi al lavoro, ma non riusciva a schiodarsi dal bancone del bar al piano terra, dove si era rifugiata per un caffè. Ragazzo, vabbè. Incensurato, vabbè. Ma nulla escludeva che fosse un assassino. Non poteva farsi incantare dallo sguardo di fuoco dell'anziano. In quel preciso istante Cianchetti faceva irruzione nella stanza di Manrico, furiosa. Il Pm stava firmando un mucchio delle solite inutili carte in attesa di Luberti, che avrebbe dovuto presentarsi a momenti.

– Cianchetti!

– Non viene.

– Chi?

– Luberti. Lo stronzo ha mandato una mail. C'è una riunione urgente, anzi, urgentissima, in azienda, e ci prega di rinviare a lunedí.

– Ma tu guarda.

– Io quelli che fanno cosí… dotto', glielo devo dire, mi fanno incazzare!

– Pazienza, Cianchetti.

– Come vuole lei. Ma a me 'sta cosa che se dovemo move sempre come se stessimo dentro 'na cristalleria… e non da' fastidio a questo, e sta' in campana co' quest'altro, e se esce 'na notizia o un video... E che cazzo! Siamo lo Stato, per la miseria, e stiamo pure indagando su un omicidio.

Manrico si alzò di scatto e recuperò dall'appendiabiti il giaccone con l'abbottonatura alla marinara.

– Andiamo a fargli una sorpresina.

E vai, contino!, esultò dentro di sé Cianchetti.

XVIII.

Sul fronte della palazzina che ospitava il consorzio non spiccava nessun riferimento a Raffaello. C'era solo una piccola targa, a sinistra della porta d'ingresso, con scritta e logo: una R inscritta in una specie di piramide dalla base non compiuta. Nell'atrio c'era un bancone presidiato da due guardie giurate. A destra e a sinistra si aprivano tornelli sormontati da metal detector. Uno dei vigilanti chiese a Manrico e Cianchetti se avessero appuntamento con il dottor Luberti. Cianchetti sventolò il tesserino e qualificò sé stessa e il magistrato. Il vigilante compose un numero interno, parlottò brevemente e riferí che il dottor Luberti era in riunione con il vicepresidente Giulioni. Cianchetti fece la faccia feroce.

– Non mi sono spiegata bene, a quanto pare. Dobbiamo incontrare Luberti. Subito.

Manrico si domandò se non avesse sbagliato a dar corda a Cianchetti. Un'irruzione di quel genere era decisamente irrituale. Primo: è oltremodo raro, se non proprio eccezionale, che un Pm si muova per andare a sentire una persona informata dei fatti. Secondo: in caso di piú che legittima protesta da parte di Luberti, né Manrico né Cianchetti avrebbero potuto fare la voce grossa. Non senza un decreto di perquisizione, ma questo non c'era ragione al mondo che lo giustificasse. Avrebbero potuto tranquillamente aspettare il lunedí, come avrebbe fatto qualunque altro inquirente in qualunque altra inchiesta. In sostanza, il vigilante avrebbe potuto mandarli al diavolo o tenerli per ore in stand by. Però lo sfogo di Deborah gli aveva mosso qualcosa dentro. Un riflesso di autorità che affondava radici in chissà quale remoto anfratto caratteriale. Nessuno rimpiangeva lo stato di polizia, ma un po' di rispetto in piú non avrebbe guastato.

Dopo un confronto piuttosto acceso di sguardi con l'ispettora, il vigilante compose un altro interno, confabulò per qualche istante, poi, con tono di sufficienza, comunicò che «qualcuno sarebbe sceso a prelevarli», e fece scattare i tornelli, ammettendo Pm e poliziotta nelle viscere dell'edificio. Manrico si guardò intorno. Marmi, stucchi, vetrate liberty. Un certo buon gusto. Classicheggiante: un Corcos, un tardo macchiaiolo che non riuscí a identificare e un bronzetto di scuola napoletana con testa di pescatore, quest'ultimo protetto da una teca di cristallo. Da quando aveva appreso delle difficoltà riscontrate per intercettare Luberti e della caratura del consorzio Raffaello, la sua curiosità, sia per il personaggio sia per il contesto, si era acuita. Responsabile della sicurezza: una bella ascesa sociale per un ex sbirro delle volanti. Inoltre, quando si parlava di aziende di rilevanza strategica, di solito, si alludeva a due cose ben precise: armi o telecomunicazioni. Raffaello, a quanto gli risultava, impiantava cantieri. Chissà se Luberti, oltre a tornare sull'argomento Pampinella, gli avrebbe fornito qualche utile spiegazione.

– Prego, da questa parte.

Un giovane in giacca e cravatta, scuro di capelli, li precedette indirizzandoli verso un ascensore che li depositò al terzo piano. Un altro giovane, anche lui in giacca e cravatta, li prelevò e li condusse in un'anticamera con due scrivanie, da una delle quali si alzò, salutando con un sorriso cortese, un'elegante signora di mezza età.

– Vengano, il dottor Giulioni si scusa per il disguido, mi seguano, prego.

– Giulioni? Noi veramente siamo qui per Luberti... – replicò Cianchetti.

La loro guida non rispose, e senza dismettere il sorriso spalancò la porta che immetteva su un ufficio nel quale – valutò Manrico – avrebbero potuto tranquillamente trovare posto due di quelle aule di giustizia che l'edilizia pubblica ritiene agibili per trenta persone. Boiserie, tappeti orientali, una biblioteca piena di volumi rilegati, un divano di pelle con tre poltrone. In fondo, davanti a una vasta scrivania sulla quale erano disposti due o tre personal computer, li attendeva in piedi un sorcio in abito da uomo. Manrico vide Luberti, lo riconobbe, e si sentí riportato nel saloncino di Veronica, dove tutto era cominciato. La descrizione di Cianchetti, peraltro, era impeccabile: a suo tempo, Manrico non aveva notato la straordinaria somiglianza con un topo. Seduto alle spalle dell'ex poliziotto, ma pronto a scattare in piedi, un bel cinquantenne dai capelli biondi che andavano imbiancando ai lati, asciutto e in forma, volto allungato e sguardo penetrante, con un sorriso che ispirava fiducia.

L'uomo fece il giro del tavolo e andò ad accoglierli, non prima di aver congedato con un cenno di ringraziamento la signora che li aveva introdotti.

– Walter Giulioni, – si presentò, accennando un rapido baciamano a Deborah, che si ritrasse molto scocciata. Poi tese la mano a Manrico, che ricambiò presentandosi a sua volta.

– So chi è lei. Ne stavo giusto parlando con l'amico Melchiorre, che la saluta. Mi deve scusare, ci deve scusare, – si corresse, e per la prima volta indicò Luberti, che lo aveva seguito a distanza di qualche passo e sorrideva sotto i baffetti, – se avessimo intuito l'urgenza, non avremmo chiesto questo piccolo rinvio...

– Lei stava parlando col procuratore?

Manrico stroncò Cianchetti con un'occhiataccia. Neanche a lui era piaciuta quella presentazione stile «lei non sa chi sono io». Ma proprio per questo sarebbe stato un errore dare soddisfazione al tronfio dirigente.

– Sí, stiamo collaborando per un progetto, – precisò Giulioni, pilotando gli ospiti verso il divano e invitandoli a prendere posto. – Come lei ben sa, dottore, la giustizia ha costantemente fame di aule, spazi, uffici... non bastano mai... e allora d'intesa con il ministro e il procuratore si stava pensando a un piano straordinario che finalmente potrà dotare Roma di una città giudiziaria degna di questo nome...

Manrico e Deborah sedettero su due poltrone. Luberti si accomodò al centro del divano. Giulioni era rimasto in piedi.

– Gradite un caffè?

I due declinarono. Giulioni tornò verso la scrivania, aprí uno dei cassetti e ne estrasse una scatola istoriata.

– A questi non potrete sicuramente dire di no!

Erano i famosi, o famigerati, cioccolatini che già erano stati offerti a Cianchetti da Luberti, e dei quali lei aveva generosamente approfittato.

– Ma li fate voi? – chiese la poliziotta, fra il finto ingenuo e il provocatorio.

– Li fanno espressamente per noi! – si vantò Giulioni. – In un paese produttore con il quale abbiamo legami molto stretti. E le assicuro che sono pezzi unici!

Ne prese tre e li porse agli ospiti, tenendoli sul palmo della mano.

– Uno per il dottor Spinori, – sorrise e spostò gli occhi

su Deborah, – gli altri per lei, che sospetto ne sia particolarmente ghiotta.

Se c'era una seduzione alla quale le era impossibile resistere... Ma prima cercò l'approvazione del magistrato, che accettò il regalo e la incoraggiò a fare altrettanto con un sorriso benevolo. Cianchetti scartò il primo cioccolatino e intascò il secondo. Giulioni si scusò, disse che era atteso in una noiosa riunione operativa, rinnovò a Manrico l'invito a salutare il procuratore e si congedò raccomandando a Luberti di collaborare in tutti i modi con il dottor Spinori e con...

– Ispettora Cianchetti Deborah, – disse lei, pronta, e subito si sarebbe presa a schiaffoni. Quasi era arrossita. Ma che, le era piaciuto quel mollicone?

Luberti fece sentire per la prima volta la propria voce quando rimasero soli. Intanto, salutava con deferenza il dottor Spinori, e ricordava il loro primo, e unico, incontro di tanti anni prima, in circostanze purtroppo cosí tristi. Poi, porgeva anche lui le sue scuse, avrebbe dovuto intuire la gravità della cosa...

– Perché? – s'inserí Manrico.

– Ma... – rispose Luberti, con un certo stupore. – Non siete qui per il povero Pampinella? Insomma, – e si rivolse a Deborah, – ho lavorato tanti anni in polizia... Lei è venuta a trovarmi appena qualche giorno fa e mi ha chiesto del povero Riccardo. Poi lui mi ha telefonato qui in Raffaello e qualche ora dopo l'hanno ucciso. Se fossi in voi avrei le stesse vostre curiosità...

Impossibile giocare a carte coperte con quel tipo, si disse Manrico. Deborah ci aveva visto giusto. Era un furbacchione. Confermava tutto ciò che loro sapevano, e ora che stavano per chiedergli «ma che le ha detto Pampinella in quell'ultima o in quelle ultime telefonate?», sarebbero stati inevitabilmente indotti a credergli. Posero la domanda. E lui rispose quello che si aspettavano di sentirsi rispondere.

– Soldi. Voleva soldi. Era disperato piú che mai. Mi raccontò che era finito nelle mani di uno strozzino...

– 'O Fraolese, – precisò Deborah.

– Non è sceso nei particolari, ma...

– Ma? – questa volta era stato Manrico a parlare.

– Che le devo dire... – Il topo sospirò, quasi per giustificarsi. – Alla fine gli avevo offerto un posto.

– Di che genere?

– Guardiano notturno in un cantiere, uno di quelli piccoli.

– Avete anche cose piccole, qui in Raffaello? – ironizzò il magistrato.

– Residui del passato, – ribatté, pronto, Luberti.

– E come avrebbe fatto con la polizia?

– Non sarebbe il primo poliziotto che fa il doppio lavoro.

– Succedeva anche quando eravate in servizio insieme?

Luberti fissò Deborah con l'aria triste.

– Giravano voci su Riccardo, lo so, ma se bazzicava in qualcosa di sporco, certo non veniva a dirlo a me.

Lasciarono il consorzio con la sensazione dell'ennesimo buco nell'acqua. Il dilemma restava sempre lo stesso: coincidenza o piano architettato da una o piú menti raffinate? Sembrava una metafora della vita nazionale: le cose accadevano per caso o perché chi le faceva accadere era un asso nel giocarselo, il caso?

– Accidenti, però, mi scusi dottore, ma da un po' m'è scoppiata 'na fame...

L'avidità con cui Deborah addentò il cioccolatino che aveva messo da parte fece per un attimo balenare a Manrico un pensiero fugace, che subito dimenticò. Pescò in tasca il proprio bonbon. Ed eccolo lí, sull'involucro, l'omaggio all'Urbinate. Lo sguardo obliquo e malizioso della Fornarina sul quale da secoli s'interrogavano legioni di critici e studiosi. La giovane guarda a sinistra di chi la ritrae. Alcuni esperti di prossemica sostengono che lo sguardo a sinistra indica mendacio. La Fornarina mentiva? Quante leggende al riguardo! E Luberti? Ma quanto si poteva credere a una scienza che pretendeva di interpretare i moti dell'animo dalla direzione dello sguardo?

– Prenda anche questo, Cianchetti. Ho visto che apprezza.

– Però non mettiamo i manifesti, eh, dotto'? – replicò lei, afferrando l'ultimo «raffaellino».

A sera, scartabellando fra i vinili in cerca d'ispirazione, Manrico s'imbatté nell'*Arlesiana* di Francesco Cilea. Non una delle sue opere preferite, però aveva una caratteristica che lo fece ripensare alla storia di Veronica. L'arlesiana, cioè la fanciulla di Arles che dovrebbe essere la protagonista dell'opera, non compare mai in scena. Svariati amanti se la contendono, ma lei è come il fantasma che ne turba i sonni. Cosí Veronica. Era uscita di scena prima che tutto accadesse. Prima che accadesse tutto ciò che li stava riguardando adesso. Ma come costruire il caso su un'assenza? Come comprenderlo? Soprattutto: come risolverlo? Sí, Veronica era fuori scena. E ciò che è fuori scena è per definizione «osceno». Pensieri oziosi. Solitudine. Spleen. Aveva telefonato a Valentina Poli, con il pretesto di ridiscutere certi aspetti dell'indagine, e la segreta speranza di strappare un altro incontro vis à vis. Ma lei era sulla strada per Macerata, e Manrico l'aveva trovata, per giunta, sbrigativa. A cercare lui fu invece Gaspare Melchiorre. Si presentò di persona, intorno alle dieci di sera. Manrico lo invitò a salire. Melchiorre gli chiese di scendere. Manrico indossò un giaccone, i mocassini e uscí in strada.

– Ciao, Manrico. Per caso hai con te il cellulare?

– No.

– Meglio cosí.

– Stai diventando paranoico, Gaspare?

– Meglio tenersi alla larga dai cellulari, di questi tempi.

– Guarda che tu sei il procuratore della Repubblica, non il capo di Cosa Nostra.

– Vallo a spiegare a certi amici della carta stampata.

– Gaspare, è venerdí sera, la settimana non è stata esaltante e tu non vuoi nemmeno condividere con un vecchio amico il bicchiere della staffa. Vieni al dunque.

– Devo preoccuparmi?

– E di che?

– Giulioni.

– Hai motivo di temere?

– Stiamo collaborando in via ufficiale, assolutamente ufficiale, a un programma edilizio che...

– Me lo ha detto.

– Potevi dirmi che stai indagando su Raffaello.

– Raffaello non c'entra un accidente. Io semmai sto indagando su un loro collaboratore. Un poliziotto, un ex poliziotto. Te ne avevo parlato, mi pare.

– Non ricordo tu mi abbia detto che lavora per Giulioni, questo ex poliziotto.

– Io di Giulioni, sino a oggi pomeriggio, ignoravo persino l'esistenza.

– È il vicepresidente del consorzio. Sinora con noi si è comportato con la massima correttezza.

– Scusa, ma sono io che torno a chiederti: hai motivo di temere qualcosa?

– C'è sempre qualcosa da temere. Qualcosa che può saltare fuori all'improvviso e fotterti. Sai come diceva quel vecchio collega, Presutti?

– Quello con la fissazione degli indirizzi? Il Google Maps ambulante di piazzale Clodio?

– Proprio lui. Diceva che i magistrati devono stare attenti alle donne, ai giovani, agli artisti, ai professori, ai medici, agli architetti, agli ingegneri...

– Agli avvocati, ai meccanici e ai cognati... – completò Manrico, scuotendo la testa. – Era un uomo molto solo.

– Forse non aveva torto.

Gaspare Melchiorre si ritirò, la testa incassata fra le spalle. Non era da lui. Non era da Gaspare. Il procuratore aveva voluto suggerirgli qualcosa? Un messaggio che Manrico non era stato in grado di cogliere? O era solo la sua inveterata prudenza a renderlo sospettoso di tutto e di tutti?

XIX.

Mario Mari, quarantasette anni, regista di numerosi spot pubblicitari e di alcune fiction di successo, primo dei convocati di quell'inizio di settimana per il momento caldo e sereno, ma destinato a concludersi con la rivelatrice Candelora («ma se piove e tira vento, de l'inverno semo dentro»), spiegò che il suo interesse per la defunta Veronica era di carattere esclusivamente professionale.

– Avevo un soggetto fantastico per un documentario, dottor Spinori. Filmare dal vivo le esperienze di una ragazza transessuale, il suo mondo, le sue ambizioni...

– E poi, – lo incoraggiò Manrico, – strada facendo siete diventati amici...

– Amici è forse una parola grossa, – sorrise il regista. – Diciamo che col tempo si è creata una certa confidenza...

Cianchetti verbalizzava, osservando con aria di riprovazione quel bel tipo, grassoccio, giubbotto di pelle all'ultima moda, capello fluente tendente al grigio. La pagina a lui dedicata su Wikipedia lo dava al terzo matrimonio con un'attricetta conosciuta durante i provini di un noto reality show. Comunque, le risposte che forniva erano plausibili. Si era portato appresso un po' di fogli stampati, a suo dire il soggetto del documentario, *Veronica dove vai?*, si sarebbe dovuto intitolare, e una chiavetta Usb con le interviste che aveva girato con la morta. Cianchetti prese il tutto in consegna e rilasciò debita ricevuta. Circa le telefonate del giorno del delitto, si trattava di accordi per ulteriori riprese, che poi, ovviamente, erano saltate.

– Quindi quel giorno non vi siete visti?

– No, che io ricordi no.

– Senta, lei sa se Veronica avesse un'amica a cui era particolarmente affezionata...

– Ah, – sospirò teatralmente Mari, – non me ne parli: Betty! Una vera carogna. Non riuscivo proprio a capire come una persona gentile come Veronica avesse finito per legarsi a una simile stronza...

– Sa dov'è adesso?

– No, e non voglio saperlo. Spero che se ne sia tornata nella favela dalla quale l'avevano vomitata a Roma.

– Perché ce l'ha tanto con lei, Mari?

– Perché è una ricattatrice.

Manrico e Cianchetti si scambiarono un'occhiata. La cosa si faceva interessante.

– Si spieghi.

– E che c'è da spiegare? Una sera, mentre stavo... intervistando Veronica... lei le piomba in casa e comincia a strillare che è una grande attrice, che se non la faccio lavorare racconta tutto a mia moglie...

– E Veronica?

– Era disperata. L'ha cacciata di casa. Hanno litigato.

– Poi però si sono rappacificate.

– Veronica aveva il cuore d'oro.

– E lei?

– Lei, io?

– Sí, lei, Mari.

– Ah, – rise il regista, – aveva poco da provarci, quella stronza! Mi ero appena separato, ero, come si dice, sul mercato, un uomo libero. Poi, sa, nel nostro ambiente, se anche avesse raccontato ai quattro venti che avevo una storia con una trans... sai che effetto avrebbe fatto? Zero, anzi meno di zero...

– E quindi per lei andare a letto con Veronica non era un problema, – s'inserí Cianchetti.

– Cianchetti! – la riprese Manrico, duro, poi si rivolse al regista. – Ignori la domanda. Non ci interessa la risposta.

Mari annuí, con un sorriso comprensivo.

– Comunque, Betty è morta, – era difficile togliere l'ultima parola a Cianchetti.

– Mi dispiace, – il regista scrollò le spalle, – però c'era da aspettarselo, con la vita che faceva... Ma, Veronica l'ha uccisa quel colonnello, no?

– Lei lo conosceva?

– Non lo avevo mai sentito nominare. E devo dire che quando l'ho saputo ci sono rimasto parecchio male. Non mi ha mai accennato a lui, nemmeno nelle interviste. Con tutta la confidenza che avevamo... ora posso andare?

– Un'ultima cosa, signor Mari... all'epoca, in casa di Veronica, sequestrammo una Handycam...

– E quindi?

– Mi domandavo se per caso lei l'avesse mai usata per qualche intervista...

– Io? – Mari rise. – Adesso mi offende! Io usare un giocattolino di quel tipo? Ma andiamo! Anzi, guardi, la sua domanda mi ha fatto venire in mente un particolare che avevo dimenticato. Una volta avevo proposto a Veronica di filmare qualche incontro, cosí, per... per avere delle immagini da usare nel documentario. Ma lei rifiutò. Non serví a niente assicurarle che i clienti sarebbero stati irriconoscibili, che avremmo coperto il volto con le mascherine. Era proprio una brava ragazza, mi creda, dottore.

Manrico e Cianchetti si scambiarono un'occhiata eloquente.

Uscito Mario Mari, irruppe Vitale. Manrico, in assenza di Orru, impegnata con le videocamere e il furgone nero, l'aveva incaricata di raccogliere informazioni su Walter Giulioni. La scheda che gli fu portata riferiva i dati essenziali di una brillante carriera: cinquantuno anni, originario di un paesino lombardo, studi a Londra, inizialmente attivo nella finanza, era diventato consulente di un ricco fondo canadese. Manrico sospirò e si passò una mano fra i capelli; quando sentiva parlare di fondi gli veniva la pelle d'oca: un fondo possedeva la sua casa, i suoi mobili, praticamente la sua vita, e alla morte di mamma Elena avrebbe inglobato tutto... Riprese la lettura. Il fondo di cui sopra, proprio su input di Giulioni, aveva acquistato un'impresa edile in smobilitazione che in breve tempo, sempre il nostro, aveva trasformato in un'azienda efficiente, tanto efficiente da entrare trionfalmente nel consorzio Raffaello, del quale il manager era diventato anima eccetera. Attualmente Raffaello aveva interessi in venticinque paesi occidentali e arabi, in Sudamerica e Nuova Zelanda.

Manrico posò i fogli, alzò gli occhi e lo sguardo gli cadde su Deborah.

– Che sta facendo, Cianchetti? – chiese. – È silenziosa da un bel po'.

– Sto guardando le interviste di Veronica. Qua ce ne sta una dove racconta che quando era piccola le piaceva vestirsi come la mamma e il padre una volta l'ha sorpresa e l'ha gonfiata di botte... Triste.

Un po' alla volta nell'ispettora emergeva un insospettabile lato tenero. Manrico fu sul punto di chiederle se lei e Cosenza stavano per caso preparando le ormai eternamente rimandate nozze, ma in quel momento Vitale introdusse il secondo convocato del giorno.

Terenzio Ottaviano Marangoli D'Armont.

– Si accomodi, dottore.

– Veramente sarebbe visconte, ma puoi chiamarmi Terry, – rispose quello, gentile però vagamente sussiegoso, tendendo a Manrico la mano.

– Scusi?

– Ho letto di te, – rispose l'aristocratico, sprofondando nella sedia degli interrogatori, – conte Manrico Costante Fruttuoso eccetera eccetera... siamo mezzi parenti, sai...

– Non mi risulta.

– E invece... se avessi frequentato l'araldica come ho fatto io, tesoro... – fece poi fissando Cianchetti, che già era pronta a sprizzare fiamme dalle froge. – Vai in rete, inserisci i nomi Spinori della Rocca e Marangoli D'Armont, vedrai che escono delle interessanti corrispondenze... Pare che siamo addirittura cugini di terzo o quarto grado, e proprio per via degli Spinori, pensa...

– Allora, cugino... – Manrico prese in mano la situazione prima che Cianchetti esplodesse. – Primo: questa è una convocazione formale, quindi la prego di mantenere un certo contegno...

– Ma io cercavo solo...

– Secondo: risponda quando è interrogato. Sono stato chiaro?

– Che maniere!

Manrico sorvolò. «Terry» aveva i boccoli biondi, un volto da cherubino perfettamente rasato e un forte accento piemontese; giacca, panciotto e papillon erano di un celeste perfettamente intonato alla sfumatura delle pupille, attraversate da venuzze rossastre che indicavano una certa qual dimestichezza con le bevande superiori ai quaranta gradi. D'Armont, ovviamente, non potendo negare i contatti telefonici con Veronica, tutti coincidenti con i giovedí delle riunioni che si svolgevano a Roma, li giustificò in questo modo: – Avevo preso a cuore il destino tragico di questa fragile creatura, e l'aiutavo come potevo.

Fra le altre informazioni che il «filantropo» aggiunse, nei pochi residui minuti della conversazione, la conferma che lui e Veronica si vedevano, ma esclusivamente per conversare, il giovedí, in orario o precedente o successivo le riunioni, che si tenevano sempre fra le ore 17 e le ore 20. Purtroppo, dato il tempo trascorso dall'incresciosо decesso della poverina, neh, di queste riunioni non sopravviveva appunto alcuno. Non almeno nelle agende del visconte. Quanto all'editore presso il quale si svolgevano, era stato disciolto da quel dí, e i relativi incartamenti dispersi chissà dove.

Neanche lui sapeva nulla di una Handycam.

– Ma veramente lei e quel... potreste esse cugini? – domandò Cianchetti, dopo che D'Armont fu uscito.

– Non ho dubbi al riguardo. Ciò che afferma quel damerino è assolutamente vero.

– Certo che voi nobili...

– Per quanto male lei possa pensare dei nobili, la realtà sarà sempre peggiore. E vale lo stesso per i ricchi. Lo tenga a mente, Cianchetti.

– Dotto', allora è vero che lei è comunista.

Non ci fu tempo di rispondere, perché Orru, che nel frattempo era ricomparsa, introdusse il terzo e ultimo convocato.

Alessandro Tavolini era un massiccio bufalo di oltre cento chili. Si appoggiava a un bastone, grondava sudore, esibiva un piede spaventosamente gottoso e un respiro enfisematoso; la sedia sulla quale prese posto sembrò gemere di sofferenza sotto l'impatto del suo voluminoso ospite. L'uomo era un vecchio politico caduto in disgrazia, faceva quasi simpatia coi suoi malanni e i suoi guai giudiziari, che, proclamò, dipendevano dal fatto che era stato un fesso, anzi, un coglione. Si era fidato delle persone sbagliate.

– E in politica, dottore, non ci si deve mai fidare di nessuno!

Da quando era iniziata la storia di Veronica, era la quinta o sesta volta che sentiva ripetere questo concetto. E quando una cosa si ripete troppo spesso, è allora che comincia a imporsi, e se si impone significa che qualcosa di concreto c'è. Era una storia di sfiducia, di tradimento, d'inganni, quella che stava inseguendo? Molto piú onesto di chi l'aveva preceduto, Tavolini ammise pacificamente la relazione con la povera Veronica.

– Ma mica ero 'sta specie de pachiderma! Se le faccio vedere le foto de dieci anni fa…

C'era stato un certo affetto, fra loro. E a suo tempo, quando la poverina era stata uccisa, lui se l'era passata brutta, perché è vero che grazie alla morte del colonnello, quer fijo de 'na mignotta che l'aveva ammazzata, il suo nome non era finito su tutti i giornali, però qualcuno del suo giro l'aveva saputo, e siccome il suo giro era composto in particolare da benpensanti… Per quanto riguarda la sera del delitto, non se lo ricordava proprio se c'era andato, co' Veronica.

– Ma una cosa gliela posso dire: io qua dentro ci sarò stato cinquanta volte, perché m'avete accollato de tutto e de piú, specie quei zozzoni del mio ex partito… e nun è che c'ho la coscienza proprio proprio limpida… ma stavolta… io co' qu'a pora creatura nun c'entro, giudice, –

eccone un altro che non faceva distinzioni tra giudice e pubblico ministero, – nun c'entro pe' gnente...

E neppure lui sapeva niente della Handycam.

– Nessuno c'ha un alibi vero –. Cianchetti tirò le somme con un sospiro.

– Sí, in compenso noi abbiamo solo congetture. Io però continuo a pensare a quella benedetta videocamera...

Valentina Poli e Orru fecero irruzione, armate di chiavetta Usb.

– Abbiamo avuto fortuna, – esordí.

– Sí, abbiamo delle riprese del furgone, – s'inserí Valentina. – Il furgone nero, quello usato per ammazzare Pampinella.

– E amo capito, – sibilò, fra sé, Cianchetti: la Poli non era male, per essere una alle prime armi, però doveva capire con chi aveva a che fare, una squadra cazzuta, mica pischelli.

Manrico innestò la chiavetta; sullo schermo cominciarono a scorrere le immagini.

– Ho preparato un montaggio cosí si capisce meglio, – puntualizzò Gavina. – Questa è la Cristoforo Colombo... Vede scorrere l'orario? Siamo alle 20.50 di giovedí 17 gennaio. In questo fotogramma... glielo fermo... ecco... si legge la targa...

– È proprio il nostro automezzo, – intervenne ancora Valentina, con nuovo sbuffo di Cianchetti.

– Qui, – riprese Gavina, – andiamo avanti... pochi secondi... ecco... ingrandisco...

Dal veicolo, lato guidatore, scendeva un individuo. Indossava un parka scuro, cappuccio tirato sulla testa. Colpiva, in lui, la statura: mentre passava vicino a un lampione acceso, per poi disperdersi nella notte, sembrava rasentare i due metri.

– Faremo una perizia antropometrica, – aggiunse Orru, – ma che sia una specie di gigante è chiaro.

– Il nostro Fraolese mi è sembrato piú piccolino, – commentò Manrico.

– E il rom che abbiamo... che ho fermato l'altra sera non arriva al metro e settanta, – disse Valentina.

– Dunque nessuno dei due ha lasciato lí il furgone, – disse Manrico.

– Però non sappiamo nemmeno se il gigante era lo stesso che lo guidava quando hanno messo sotto Pampinella, – precisò la Pm.

– Vabbè, ma guardate i tempi! – sbottò Cianchetti. – Il collega lo hanno investito intorno alle 20. Sulla Portuense. Mettici il traffico. La necessità di guidare in modo prudente con un furgone pezzottato. Parcheggia all'Eur alle 20.50... ce po' sta'... sennò che è, 'na banda? Se passano il furgone?

Aveva una sua logica, indubbiamente. Semmai, c'era da chiedersi: perché lasciare il furgone proprio in quel punto? Perché, magari, chi lo conduceva aveva interessi nella zona, un punto d'appoggio di altro tipo?

– Non ci sono immagini da altre angolazioni, Orru? – chiese Manrico.

– Vuole sapere se si vede la faccia? No. Era attiva solo questa videocamera.

– Andando avanti veloce... – riprese Gavina Orru, impossessandosi del mouse. – Ecco... siamo praticamente una settimana dopo, 00.45 di giovedí 24 gennaio... il furgone non si è mosso da lí per tutto il tempo... eccolo!

Comparve sullo schermo Felix, il giovane rom. Si guardò intorno. Poi, con aria furtiva, si avvicinò al mezzo. Tentò la maniglia. Restò sorpreso nel trovarla aperta. Montò rapidamente a bordo. La partenza avvenne dopo pochi secondi – il ragazzo doveva essere esperto nel manipolare i fili dell'accensione.

– Tutto corrisponde, – concluse Manrico. – Direi che possiamo escludere quelli che erano i nostri due principali indiziati. Gavina, fai una ricerca a tappeto sulle videocamere in zona, magari salta fuori qualche altra immagine del lungagnone che guidava lo Chevrolet...

– Insomma, stamo daccapo a quindici, – commentò Cianchetti.

– Da noi si dice a dodici, – sorrise Valentina.

La giovane collega sembrava stranamente sollevata. Eppure, sí, stavano daccapo a dodici, tredici, quindici, diecimila... con la morte di Pampinella non c'entravano né i rom né l'usuraio, e le possibilità di rintracciare, a Roma, il conducente del veicolo omicida erano prossime allo zero. L'ufficio si svuotò. Valentina si trattenne per ultima.

– C'è una cosa di cui voglio parlarti.

– Ti ascolto.

Lei ripercorse, a uso e consumo di Manrico, il processo mentale che, dalla chiacchierata da *Camponeschi* sino all'offerta di pace al capo famiglia rom, l'aveva condotta alla decisione di arrestare il giovane.

– Ho fatto come diceva quel tuo amico, ho provato a vederla dal loro punto di vista.

– Mi fa piacere che la nostra chiacchierata ti sia stata utile.

– Però poi ho deciso di testa mia. Noi siamo una cosa e loro un'altra, e secondo me è giusto che sia cosí.

XX.

Manrico accettò la quinta proposta di patteggiamento nel giro di un'ora. I giudici si ritirarono in camera di consiglio per decidere. Quella mattina aveva sostituito in udienza proprio Valentina, che era dovuta accorrere a Macerata dalla mamma febbricitante. Sull'argomento mamma Manrico era molto sensibile: proprio la sera precedente, per dire, captando casualmente un brandello di conversazione fra Elena e Camillo, era riuscito a sventare lo sciagurato progetto di un pokerino dalla professoressa Grignardi. Non una cattiva persona, ma affetta da infermità opposta a quella di sua madre: laddove l'una immancabilmente vinceva, l'altra, Elena, perdeva sempre rovinosamente. Sua madre aveva inalberato l'espressione sprezzante e disgustata delle grandi liti, ma il figlio non aveva ceduto: il ricordo del doloroso riscatto del vaso di Gae Aulenti era ancora troppo vivo. Manrico sapeva benissimo di andare incontro a qualche giorno di silenzio, musi lunghi, frecciatine. Ma era la sua vita, non poteva farci niente. Anzi, l'atmosfera cupa era uno stimolo a organizzare qualche serata fuori casa.

Il collegio giudicante riemerse dopo un'ora abbondante. Rientrarono imputati, parenti, avvocati, cancelliere, oziosi. Tutti in piedi per la lettura dei dispositivi. I patteggiamenti erano stati accolti. Sul cellulare di Manrico arrivò un messaggio di Orru: «Guardi questo». Era il link a un sito scandalistico. Per aprirlo dovette attendere che finisse l'escussione del testimone di un nuovo processo, una noiosissima lite condominiale degenerata in rissa avente per oggetto l'individuazione del cane responsabile di abbondanti deiezioni sulla terrazza comune. La litigiosità dei suoi connazionali, la loro incapacità di fermarsi un istante prima della rovina... tutto questo spreco di energie non cessava mai di stupirlo... Il teste fu licenziato. Manrico chiese una condanna mite per tutti i protagonisti della rissa. E quando fu il turno degli avvocati difensori, finalmente poté collegarsi al link. Comparve una sua fotografia di qualche anno prima, in cui aveva i capelli assai meno grigi di adesso, accanto a un primo piano di Veronica e a uno di Betty, quest'ultima in posa provocante. Il titolo recitava:

> *Il magistrato e le trans*
> Due morti misteriose, un suicidio, un pubblico ministero ammalato di protagonismo: un'inchiesta che rischia di far tremare Roma. E se fosse tutta una bufala? Un'esclusiva di BLOGOVERITAS...

Chi si fosse fermato lí avrebbe pensato a un torbido intreccio, magari a sfondo sessuale, fra un giovane Pm (be', dieci anni prima lo si poteva definire quasi giovane) e due belle di notte. L'occhiello già rettificava non poco, anche se l'accenno al Pm ammalato di protagonismo (quasi un buffetto, una simile accusa, dati i tempi) era alquanto antipatico. Il corpo dell'articolo riportava con una fedeltà sbalorditiva il contesto dei casi Veronica e Betty. Si taceva, però, del legame con l'omicidio stradale di Pampinella. Il che costituiva un indizio preciso a carico del divulgatore.

– Quarche pezzo de merda dei nostri, – sentenziò Cianchetti, raccogliendo l'approvazione di Vitale e Orru.

La squadra – eccezion fatta per Valentina, ancora bloccata a Macerata dall'influenza della mamma – si era riunita a metà pomeriggio. Il malumore dominava. La frustrazione dilagava.

In effetti, rifletteva Manrico, dietro certe informazioni poteva esserci uno sbirro. Le vie attraverso cui fuggono le notizie sono misteriose e imperscrutabili, magari un poliziotto, magari uno dei clienti di Veronica... Il problema dei problemi era un altro. Il famoso *cui prodest?* A chi giovava? Be', di certo al blog e a una certa stampa. Il fatto era pruriginoso. Grondava sesso obliquo e mercenario, c'era da intingere il biscotto per settimane, strano che la sua vecchia «amica» Marilena Marinelli, aeda del telegiornalismo d'inchiesta, non si fosse ancora fatta viva con qualcuna delle sue strampalate teorie. Del resto, anche giornali un tempo assai piú seri ormai inseguivano lo strillo e lo scandalo a ogni costo, per non parlare dei podcast, ultima frontiera del morboso. Il senso era sempre e solo uno: la verità ufficiale non esiste, gli investigatori o sono collusi o sono idioti, per fortuna l'autorevole narratore di turno vi aprirà gli occhi, o massa d'idioti.

Fin qui, niente di nuovo sotto il sole. La chiusa del pezzo, però, sembrava contraddire clamorosamente le premesse. Perché il succo era: va bene, questi qua, capeggiati da Manrico Spinori, uno che ama da morire la prima pagina, si dannano l'anima per creare il caso. E se invece fosse tutto chiaro? Se per una volta non ci fosse nessun mistero? Di conseguenza Manrico era legittimato a chiedersi se a ispirare il pezzo non fosse stato qualcuno che aveva da temere dall'inchiesta e voleva che fosse da subito squalificata, in modo da non subirne, in futuro, eventuali danni. Tutti rovelli che non portavano da nessuna parte, giacché, in conclusione, la domanda delle domande era: che diavolo avevano in mano, se non illazioni che si andavano miseramente spegnendo una alla volta?

Era su questo interrogativo che sembrava destinata a chiudersi quella giornata problematica. Poi, all'improvviso, sul far della sera – Manrico era appena uscito a piedi dal varco di via Varisco, salutando distrattamente il carabiniere di piantone – un incontro imprevisto.

XXI.

– Hai cambiato moto.

– Complimenti per lo spirito di osservazione, Manrico.

– La precedente era rossa, questa è nera. C'è un senso, in tutto questo? Un messaggio?

Si era sempre domandato, prima e durante la breve frequentazione, come facesse Stella Dubois a dominare quei mostruosi dueruote mangiachilometri che Manrico stesso avrebbe faticato a issare sul cavalletto. La risposta era arrivata inattesa e repentina come la fine dell'avventura: niente è precluso a una diavolessa dagli occhi verdi vagamente a mandorla accesi da pagliuzze dorate. Nemmeno la confidenza di un bacio sulla bocca all'amante di una serata scaricato non piú di due settimane prima.

– Il messaggio è quello che ti manda il prof.

– Gatteschi?

– E chi se no? Ha notizie per te, e conoscendo la tua nota pigrizia mi ha mandato a prelevarti.

– Non bastava un colpo di telefono?

– E se avessi improvvisamente avuto voglia di rivederti?

– Devo dedurne che il tuo ragazzo è tornato in Canada?

– Questa volta è in missione a Berlino. Andiamo?

Ricordava quella figura snella, il profumo, che si mescolava a quello del vento di una serata che si andava facendo di minuto in minuto piú fredda. Era già stato in moto dietro di lei. Un contatto piacevole al quale pure Dubois sembrava abbandonarsi con una certa voluttà. Pensieraccio. Ecco che riaffiorava il demonietto che Manrico teneva serrato a doppia mandata in fondo al cuore. A volte era stanco di dipingersi migliore di quanto non fosse. E il demonietto glielo ricordava. Un classico dei momenti di vuoto. Un'inchiesta che va male, l'opera giusta che non si trova, et voilà, Manrico, tutti questi fantasmi femminili che ti danzano intorno... Certo, Stella: diavolessa e demonietto... Nel traffico era un asso. Guidava come un incrocio fra l'autista di una pattuglia di «falchi» che dà la caccia a un camorrista e il camorrista stesso.

Per arrivare sulla collina Fleming, a casa del prof (cosí vicina, cosí pericolosamente vicina a quella di Stella), ci misero un tempo ridicolo. Stella parcheggiò nel garage, che aprí con un telecomando. Però Dubois, che si avviava a passo di carica verso l'ascensore interno, agitando la chioma rossa, voltandosi di tanto in tanto per sorridergli, sorridere a lui, a Manrico... cosí sicura, cosí ribalda... e dire che quando si erano incontrati, le prime volte, era una da rossore e sguardo basso... oh, ma se pensava a Maria Giulia, a Sibilla, a Cianchetti, alla sua squadra... erano tutte cosí forti, cosí toste... Vitale, Vitale piangeva per il matrimonio in pezzi. Aveva pianto, si corresse. Tre o quattro giorni. Poi si era gettata nella lotta. Le donne erano cambiate. Tuttavia sembravano apprezzare ancora i suoi modi cortesi. E anche Valentina Poli. Cosí fresca ma anche cosí decisa. Una generazione già troppo lontana da lui. E non aveva che cinque, no, sei anni meno di Stella. Mentre l'ascensore li portava all'attico, sentí fortissimo l'impulso di attirarla a sé e di baciarla.

Gatteschi li aspettava nel suo grande salone, stracolmo di ricordini etnici. Si andava dalla maschera di dorso di scimmia del Botswana al didgeridoo originale degli aborigeni del Queensland, passando per il Tapel balinese, un Ganesh del XVII secolo, un'icona bizantina del Trecento e un oud armeno che recava ancora il segno di una pallottola turca.

Inesausto viaggiatore, il formidabile anatomopatologo, l'unico del quale Manrico si fidava ciecamente, il professionista perfetto. Quello che sa dire di no sia all'accusa sia alla difesa quando si fanno troppo insistenti. Uno puro e duro, mai sul mercato, per intenderci.

Reduce da un viaggio in Patagonia, Gatteschi, un bel tipo alto con una fluente chioma bianca e un accenno di barba da esploratore artico, aveva ancora tracce della recente abbronzatura. Mentre Stella Dubois si metteva a sedere sull'unica sedia non occupata da uno scatolone o da un faldone di carte, il professore quasi assalí Manrico.

– Devo apprendere dai giornaletti che stai indagando su un cold case di cui mi occupai io a suo tempo.

Ruvido, come benvenuto. Faceva parte del personaggio. Manrico si sentí comunque in dovere di giustificarsi.

– Veramente sono alle prese con problemi che esulano dal tuo campo.

– Stupidaggini. Niente esula dalla scienza. Potevi chiamarmi subito, avresti risparmiato un sacco di fatica e forse avresti anche fatto dei passi in avanti, Manrico.

Il Pm si guardò intorno. Stella aveva liberato una postazione anche per lui, che le sedette accanto. Gatteschi, l'aria corrucciata, se ne restava in piedi, asserragliato dietro la sua ampia scrivania.

– Immagino che tu ti riferisca al caso delle trans, – osservò Manrico.

– E a cosa sennò? Ho letto quel... quella specie di articolo...

– E allora?

– Magari lo hai dimenticato, ma fosti proprio tu a darmi l'incarico...

– Be', un po' di tempo è passato, tuttavia, almeno anagraficamente, sono ancora abbastanza lontano dall'Alzheimer.

– Guarda che è proprio alla tua età che cominciano a manifestarsi certi segni, caro contino, – replicò, pronto, Gatteschi.

Stella Dubois lasciò partire una bella risata cristallina.

– Va bene, va bene, – borbottò Gatteschi, che comunque sembrava essersi placato, – ti va di bere qualcosa?

– Sono a posto, grazie.

– Be', io voglio un whisky, che cazzo! Stella?

– Le faccio compagnia, professore.

– Sta bene, mi unisco, – concesse infine Manrico.

Gatteschi armeggiò in una specie di mobile bar, cavò da un intrico di bottiglie un blended di non eccelsa qualità, afferrò tre bicchieri di carta da un dispenser di acqua minerale e li riempí quasi sino all'orlo. Non si può avere stile in tutto, pensò Spinori, accettando il suo.

– Dunque, – riprese il professore, – eseguii l'autopsia di quella povera Veronica e conclusi per l'omicidio preterintenzionale, non c'erano tracce di violenza tali da far supporre qualcosa di peggio.

– Ricordo.

– E ricorderai anche che mi fu commissionata l'indagine genetica.

– Non se ne erano occupati i Ris?

– I Ris e il sottoscritto. Fosti tu a spedirmi a controllare le corse elettroforetiche e tutta quella bella roba. Io, però, che in quel momento avevo molto da fare... delegai una mia giovane assistente...

Manrico si voltò a inquadrare Stella. Con un gesto ironico e gli occhi brillanti, lei sollevò il bicchiere.

– Ma... – azzardò Manrico.

– Ma la relazione preliminare non risulta firmata, lo so, una mera dimenticanza, cazzate, non è questo il punto, – sbottò l'altro.

– E qual è il punto? – Manrico non aveva ancora capito dove volesse andare a parare. – Emerse che il luogo del delitto era stato ripulito. A parte il sangue della vittima, e quello rimane, a oggi, l'unico dato consolidato. La relazione conclude...

– Lo so come conclude, per la miseria! – Gatteschi non amava né essere interrotto, né essere contraddetto. – C'erano sangue della morta per terra e nel retto della vittima sperma di quel colonnello, come si chiamava...

– Ridorè, – sussurrò Manrico.

– Ecco. Pensammo tutti: il sangue l'ha pulito, le impronte cancellate, ma il rapporto l'aveva avuto e lí non poteva rimediare, quindi... Però... – Gatteschi buttò giú d'un sorso il suo whisky e se ne versò dell'altro, poi disse: – Stella, vada avanti lei, io sono troppo incazzato...

– C'erano altri reperti da analizzare, – spiegò Dubois. – Precisamente un frammento di stoffa con del sangue.

– Ma io non ricordo...

– Il divano nero nel saloncino. Una macchietta insignificante che doveva essere sfuggita al ripulitore... – s'inserí Gatteschi.

Stella riprese la parola.

– Facemmo una prima corsa elettroforetica e venne fuori un profilo misto.

– Un profilo misto? – Manrico era senza parole.

– È tutto qua dentro, – sibilò, cupo, Gatteschi, e lanciò a Manrico una carpetta con dentro alcuni fogli ingialliti. – Un profilo misto della vittima e di un individuo di sesso maschile non identificato. Non Ridorè.

– Ma porca miseria! – Manrico saltò in piedi, e il bicchiere di plastica col whisky si rovesciò. – Ma vi rendete conto?

– Era una sola corsa, Manrico, non significava niente. Sai come vanno queste cose. Comunque il vero problema fu un altro. Ridorè si ammazzò e l'inchiesta fu chiusa. Cosí smettemmo di occuparcene.

Manrico sfilò uno alla volta i fogli dalla carpetta. In tutti gli anni spesi in Procura si era fatto una certa competenza in materia. La scoperta di un Dna estraneo sulla scena del delitto poteva dire tanto, persino tutto. Oppure, si smontò immediatamente dopo, niente.

– E questo... reperto... naturalmente non esiste piú...

– Ma quando mai! – E qui Gatteschi sembrò recuperare vigore e colore. – Ce l'ho ancora io. Sta nel mio frigo, giú al laboratorio...

– Dopo tutti questi anni!

– Sai come funziona: avrei dovuto restituirlo insieme agli altri reperti, ma nessuno me lo ha mai chiesto. Ce lo siamo semplicemente dimenticato.

– Credi che si possa ancora tirarne fuori qualcosa? Dipende dalla conservazione, no?

– Fanculo, conte Spinori delle mie palle! Non dimenticare con chi hai a che fare. Stai parlando con Federico Gatteschi, per la miseria! Quel reperto è sano e integro. Domani mattina stessa ti mando una mail con tutti i dati, tu dammi l'incarico e ti giuro che se in quella casa è entrato un elefante io ti saprò dire quanto era alto, quanti anni aveva, quanti cuccioli zannuti aveva messo al mondo e come si chiamavano suo padre e sua madre.

– Federico...

– E ora levatevi di torno, tutti e due. Per stasera mi sono già autocommiserato abbastanza.

Quando furono in strada si accorsero del plenilunio. La luna, di un giallo incredibile, governava sul cielo stellato e sulla notte. Come l'inattaccabile, ineludibile Fáfnir della saga norrena tanto cara a Wagner, il custode del tesoro, colui che «giace e possiede».

– Non hai quasi toccato il whisky, Manrico.

– Non mi sono perso un granché.

– A casa ho una bottiglia che fa al caso nostro.

– Per la verità avrei un impegno, mi dispiace.

Manrico pensò con un brivido al corpo di Stella. Ma si portava ancora dentro le vibrazioni che gli aveva donato Sibilla. Meglio glissare. Troppa confusione.

– Meglio che chiami un taxi.

– Sai una cosa? Di solito siamo noi ragazze che accampiamo scuse, tipo ho il mal di testa...

– Hai appena fatto la conoscenza col mio lato femminile, – tagliò corto lui, collegandosi all'app.

XXII.

– Giusto per ricapitolare, – esordí Manrico, insolitamente contrito, – so che tutte siete informate di come si agisce in questi casi, ma dopo la figuraccia che ho rimediato meglio essere precisi. Vitale verbalizzerà la riunione.

Si profilava una lezione procedurale sull'utilizzo del Dna nelle indagini.

Orru e Vitale si disposero all'ascolto con la buona dose di santa pazienza dovuta a una delle ricorrenti stranezze – se cosí si potevano definire – del contino: di Dna e annessi e connessi ne masticavano quasi piú loro dei soloni della Scientifica. Anche Valentina Poli – tornata da Macerata con animo piú lieve grazie al miglioramento della madre – era un po' perplessa: se aveva capito il senso del dossier che un'oretta prima era stato trasmesso dal professor Gatteschi, Manrico non aveva proprio niente di cui rimproverarsi. L'analisi su quel reperto era stata ritenuta inutile visto che il suicidio di Ridorè aveva di fatto decretato la chiusura del caso. Né Gatteschi né i Ris si erano premurati di inoltrare due righe di comunicazione al Pm, e tanto meno di accertarsi della destinazione del frammento di tessuto. Che a rigor di logica andava rimandato all'ufficio Corpi di reato della Procura, dove un qualche solerte funzionario lo avrebbe numerato, inoltrando poi al titolare dell'inchiesta, cioè a Manrico, la richiesta di distruzione. Questa sarebbe stata senza dubbio accolta, perché, una volta chiuso il caso, non avrebbe avuto senso conservare un pezzo di stoffa imbrattato di sostanza ematica. Fortunatamente, nulla di tutto ciò era accaduto. La trascuratezza aveva giocato a favore della verità. Quindi, invece di gettarsi la croce addosso, si doveva, semmai, esultare. Fra l'altro, a Valentina il caso ricordava una vicenda nella quale si era imbattuta durante il suo primo incarico, nelle profonde terre calabre. Un'estorsione risolta brillantemente grazie a una perizia fonica che aveva inchiodato l'autore di una telefonata minatoria registrata dal destinatario. Il file interessato era finito dentro uno scatolone, dimenticato da tutto e da tutti, per riemergere in coincidenza di una verifica operata dalla stessa Valentina. Che, per la verità, non stava cercando di riaprire la vecchia vicenda, ma solo di fare pulizia nello sgabuzzino che le era stato assegnato con la pomposa denominazione di «ufficio».

La piú concentrata di tutte era Cianchetti. Prendeva appunti come se pendesse dalle labbra di Manrico. La ragione era chiara: il famigerato concorso da commissaria si avvicinava, la preparazione era lacunosa, ogni informazione aggiuntiva una benedizione. Ciò che ammirava soprattutto nel contino era la sua capacità di mettere ordine nelle cose e presentartele con una semplicità che persino una mente intorcinata come la sua riusciva immediatamente a cogliere.

– Abbiamo un Dna a base di sangue umano composta da una miscela del sangue della vittima, Veronica, e di un ignoto, – esordí Spinori. – La corsa elettroforetica ci parla di un soggetto di sesso maschile, quasi certamente europeo... dico quasi certamente perché disponiamo di una sola corsa elettroforetica. Il Dna è composto da una sequenza di alleli, e questo lo sappiamo tutti. Ogni individuo possiede una sua personalissima sequenza genetica... per determinarla occorre sottoporre ad analisi la sostanza prelevata, in questo caso il sangue, diciamo cosí, misto. Va da sé che opera una legge che a riferirla suona persino banale: piú abbondante e fresco è il materiale di cui disponiamo, maggiori possibilità di riuscita ha l'analisi. Questo perché il Dna tende a degradarsi se non è conservato adeguatamente. E dobbiamo anche considerare la necessità di impiegare reagenti chimici che possono interferire con la materia. E dobbiamo essere super, super attenti a che l'analisi sia effettuata da macchinari non contaminati da precedenti esami...

– O gli avvocati ci fanno a pezzi, – osservò Valentina.

– Quello è il mestiere loro, – ribatté, pragmatica, Sandra Vitale.

– Però non è che possono fare a pezzi la scienza... – Cianchetti, sul punto, era decisa.

– Il fatto è che la scienza non è sempre esatta, – precisò Manrico. – Pensate che nei secoli passati si usava condurre il presunto assassino al cospetto del cadavere della vittima. Se il cadavere sanguinava, la circostanza era considerata prova della colpevolezza.

– Che assurdità, – insistette Cianchetti, – ma quello era il medioevo, mo' le cose so' cambiate...

– Gli uomini del medioevo si sentivano altrettanto moderni quanto noi, – disse, dolcemente, Manrico. – È sempre un problema di punti di vista...

Valentina ripensò alla conversazione al ristorante, alla piccola questione del giovane rom. Ecco che tornava il tema... come definirlo? Del relativismo investigativo. Fin lí aveva avuto maestri molto diversi. Colleghi tosti che andavano avanti per la loro strada insofferenti delle critiche, spietati con gli imputati, cinicamente convinti che al mondo non esistano innocenti. Alieni al dubbio. Manrico, invece, di dubbi gliene stava suscitando molti. Forse troppi. Eppure, quando si era presa la briga di dare un'occhiata alla carriera del contino, aveva constatato che, come Pm, Spinori aveva totalizzato una percentuale sbalorditiva di successi professionali. Una buona quota di ergastolani affollava le galere del Lazio grazie alle sue inchieste. Com'era possibile che uno cosí mite, cosí carico d'incertezza, a conti fatti si dimostrasse il vero campione della legge?

– Comunque, per tornare a noi, – Manrico riprese dopo aver bevuto una mezza bottiglia di minerale naturale, – anche se in questo caso disponiamo di Dna abbondante e ben conservato, abbiamo fatto una sola corsa elettroforetica... Ovvero, la macchina che legge la sequenza genetica ci ha dato una sola risposta.

– Quindi ne dobbiamo fare un'altra –. Cianchetti trasse l'ovvia conclusione, sempre appuntando sull'app Note dell'iPhone.

– Un'altra non basta, – la corresse Spinori, – perché abbiamo il problema degli alleli. Ora non voglio tediarvi, ma insomma, diciamo che si tratta di forme alternative dei geni presenti in un cromosoma. Sono loro che ci dànno l'identità. E sono... come dire... bizzarri...

– A volte ne compaiono di inesistenti, altre volte scompaiono quelli che ci sono, – s'inserí Orru, prevenendo la domanda di Deborah.

– Giusto, – approvò Manrico, – quindi di corse... cioè di analisi della sequenza, la macchina ne deve fare un bel po'... finché non abbiamo la certezza di una sequenza ricorrente che escluda ciò che vuol comparire ma non esiste, e includa ciò che esiste ma che vuol sparire...

Me sembra un film de zombi, de quelli che piacciono ai pischelli, si disse Cianchetti. Ma dovette ammettere che suonava interessante. E si ripromise di imparare bene la faccenda. Magari al concorso da commissaria le avrebbero chiesto l'argomento e lei avrebbe fatto un figurone.

– Perciò adesso noi... anzi, il professor Gatteschi, che nomino seduta stante mio consulente insieme alla dottoressa Dubois e a... Orru, come si chiama l'esperta della Scientifica?

Gavina gli fece lo spelling di un nome di origine tedesca che Manrico non avrebbe mai ricordato (Vitale, per fortuna, provvedeva a verbalizzare).

– Bene. Dicevo... chiediamo a Gatteschi e alla sua équipe, intanto, di confermarci che abbiamo un profilo misto vittima/ignoto. Per sapere che si tratta di ignoto dobbiamo ribadire che non è sangue di Ridorè, e questo è semplice perché i risultati delle vecchie analisi sono ancora nel fascicolo. Poi dobbiamo confrontarlo con quello che abbiamo. Procedendo per esclusione. Prima di tutto dobbiamo scartare chi ha avuto la possibilità di contaminare la scena del crimine. Il povero Scognamiglio, io e Gatteschi arrivammo quando già la Scientifica aveva messo la zona in sicurezza. Dei tecnici della Scientifica... mi pare fossero del Racis, per la verità, carabinieri... be', dobbiamo fidarci. Diciamo che sono stati molto attenti perché è il mestiere loro.

– I due poliziotti però potrebbero aver inquinato... – osservò Vitale.

– Mettiamola cosí: dobbiamo escludere che la traccia dell'ignoto appartenga a Pampinella e Luberti. Per quanto riguarda Pampinella, la cosa non presenta problemi perché quel poveraccio non protesterà se gli preleviamo un po' di tessuto organico...

– A quello penserà Gatteschi. Lui coi morti si trova a suo agio, – sottolineò Orru, con un certo freddo umorismo.

– Tutti gli altri vanno indagati, – disse a questo punto, decisa, Valentina.

Manrico annuí.

– Anche Luberti? – Cianchetti era sorpresa. Si trattava di escludere, le era parso di capire, non di includere.

– Non abbiamo alternativa. Per scrupolo difensivo. Indaghiamo lui, il regista, il politico grasso e quel signore che sostiene, purtroppo a ragione, di essere il mio cuginetto...

– E se nessun Dna corrisponde?

Per un po' nessuno se la sentí di rispondere all'ovvia domanda di Vitale.

– Avremo fallito, – sussurrò alla fine Valentina.

– E quindi la prossima volta cercheremo di fallire meglio, – concluse Manrico, abbandonandosi, per una volta, a una citazione letteraria.

Visto e considerato che, a causa della condotta inaudita del mio unico figlio, mi è proibito di unirmi alle mie piú care amiche per una serata conviviale, approfitto della cortesia di Camillo, uomo di grande sensibilità a differenza di altri, per recarmi al Teatro Argentina. Se dovessi perdermi nella notte, non cercarmi. Tua madre.

Donna Elena se l'era proprio legata al dito. La proibizione del poker dalla Grignardi l'aveva offesa oltre ogni limite. Le sarebbe passato. Ma intanto la serata si profilava triste e solitaria. Anche se Camillo aveva lasciato in bella mostra sul tavolo della cucina «ciccolatta, caffè, vino, presciutti», il suo stato d'animo era molto lontano dagli slanci libertini del suo adorato Don Giovanni. Quasi a voler alimentare una malinconia che rischiava di insediarsi ormai abitualmente nel suo spirito, aveva scelto fra i vinili *La bella mugnaia*. Cercava la commozione che immancabilmente lo sovrastava quando il giovane amante si rendeva conto che la ragazza gli preferiva il cacciatore.

Si rammentò che la prima, vera discussione con Maria Giulia si era accesa, ed era trascorso poco piú di un mese, proprio mentre in macchina si diffondevano le note di Franz Schubert. Era stato allora che era emerso il tema dei figli, del distacco... Le telefonò, d'impulso. Non aveva in mente niente di preciso da chiederle, né, tanto meno, da offrirle. Se non il pretesto di un saluto. Il desiderio di risentire la sua voce. Trovò un tono piú dolce di quello che s'era atteso. Ascoltava anche lei un lieder. No, non Schubert, non si era ancora alla stregoneria. Mahler, il canto del viandante. Si parlarono per venti buoni minuti. Una roba da adolescenti d'altri tempi. Molto romantica, ma alla resa dei conti, considerò Manrico con una punta di sarcasmo, assolutamente inutile. Nessuna parola, nessuna conversazione virtuale può sostituire il calore e il contatto dei corpi. Ma che diavolo stava succedendo alla sua leggerezza? Appena ventiquattr'ore prima aveva respinto una chiara offerta di Stella Dubois. Non era da lui. In altri tempi si sarebbe «disperso» lui nella notte, non foss'altro per bere qualcosa da qualche parte. Avrebbe fissato intensamente qualche bella sconosciuta. In altri tempi... In che accidenti di tunnel stava sprofondando? Era l'inesorabile senso del passare degli anni? Era la sensazione di girare a vuoto nell'inchiesta? Ma esisteva davvero questa inchiesta? Rossini, Rossini, per Dio! *L'italiana in Algeri* risollevò l'animo. Andò a dormire senza attendere il rientro di sua madre. Con Camillo, dopo tutto, era in ottime mani. Se la ritrovò davanti, la vecchia signora, con i primi rumori del risveglio che filtravano dall'oscurità di una tardiva alba invernale.

– Era bello lo spettacolo, mamma? – domandò, ancora mezzo assonnato.

– *Et voilà, mon fils* –. Elena lanciò con gesto teatrale una busta sul piumone. – Non sempre la vita è fallimento, tesoro…

Dentro, constatò, dovevano esserci almeno duemila euro.

XXIII.

Manrico arrivò in ufficio con qualche minuto di ritardo. Aveva inflitto a Camillo una paternale sulla serata (o avrebbe dovuto dire: nottata?) precedente, ma l'altro aveva tenuto il punto. A quanto pareva, la partita dalla Grignardi era stata una specie di rivincita che donna Elena aveva dovuto concedere a una carampana di quelle ripulite a Cortina.

«Ed è andata nuovamente di lusso», aveva commentato il maggiordomo, con un sorriso di trionfo.

Situazione irrimediabile, ludopatia irredimibile. E se avesse perso? Che altro restava da vendere, in quella casa dove ormai nessun oggetto apparteneva piú agli Spinori? Non era mai riuscito a fermare sua madre, e mai ci sarebbe riuscito. Contenerla, sí, ma quando lo spirito perverso prendeva il sopravvento... E Camillo che le teneva bordone... Ma voleva davvero fermarla? O non faceva tutto parte di un gioco? Il demone del gioco di Elena come amico e alleato di quello di Manrico. Due dissipatori innamorati del rischio. Tutto pur di non cedere alla noia...

L'ingresso del Pm non spense la conversazione, piuttosto accesa, che vedeva impegnate Vitale, Cianchetti e, in via eccezionale, Brunella; solo Orru se ne stava in disparte: immersa nel suo universo digitale, di tanto in tanto sbuffava come se fosse alle prese con un fastidio ricorrente. Oggetto del contendere era l'improvvisa decisione di Sandra Vitale di riammettere in casa il coniuge fedifrago.

– Ma dormiamo ciascuno nella propria stanza.

– E che me significa? Ormai che ha messo un piede dentro, quello nun te lo levi piú de torno! – Come al solito, Cianchetti aveva le idee molto chiare.

– Non lo so. Non c'è niente di stabilito. Lo faccio per i bambini…

– Bambini? – Qui il tono di Cianchetti salí di un'ottava. – Ma se fra un po' vanno all'università!

– I figli soffrono sempre delle separazioni, – flautò Brunella, piano.

– E magari soffrono de piú se babbo e mamma se ne dicono de tutte –. Qui il tono di Cianchetti, memore di alcuni desolati pomeriggi della sua infanzia, di ottave ne perse un paio. – Oppure se se ne stanno giorni interi senza rivolgersi la parola…

– Però, la famiglia… – lasciò cadere lí Brunella. Poi l'immancabile lacrima fece capolino e lei se ne tornò nell'anticamera.

Cianchetti scosse la testa, sospirando.

Insomma, la presenza di Manrico era praticamente passata inosservata. Il che voleva dire che era stato ritenuto degno di essere ammesso, ancorché nel ruolo di mero spettatore, a un rito tanto intimo. I legami della squadra si rafforzavano. E in fondo quella era pur sempre Roma: dove un segreto, quando è condiviso da almeno due persone, cessa di essere tale.

– Guardate qua! – esclamò Orru, quasi si fosse destata in quel preciso istante dal suo agitato letargo informatico, e girò lo schermo verso gli altri.

Il magistrato e le trans

Due morti misteriose, un suicidio, un pubblico ministero ammalato di protagonismo – un'inchiesta che rischia di far tremare Roma. Continua l'esclusiva di BLOGOVERITAS sulle nuove prodezze del «contino» Spinori della Rocca, l'aristocratico magistrato spesso balzato agli onori della cronaca per le sue...

Manrico, Cianchetti e Vitale compulsarono il testo con crescente stupore. L'autore del pezzo era assai ben informato. Anche sui dettagli. L'avviso agli indagati era partito la sera precedente, accompagnato da una mail con l'invito a sottoporsi al tampone per il prelievo del Dna, e questi già ne erano a conoscenza. Omettevano i nomi, ma per la prima volta collegavano il caso a un «omicidio stradale» commesso qualche giorno prima nella capitale. Di nuovo il senso era inequivocabile: fatti fra loro scollegati e privi di rilievo venivano unificati sotto il segno del sospetto. L'ultima, velenosa frecciata era per Manrico: fra qualche mese, adombrava l'anonimo estensore, si sarebbe liberato il posto di procuratore aggiunto della Repubblica. Non il capo, ma quasi. Spinori, per anzianità e blasone, poteva essere uno dei papabili. Una bella inchiesta al momento opportuno poteva garantirgli la spinta giusta.

Manrico non sapeva se ridere o indignarsi. Accusare lui di carrierismo era un'emerita boiata. Il potere gli faceva tanto orrore che in passato aveva preso in seria considerazione l'idea di sdraiarsi sul lettino dell'analista e affrontare di petto la questione: perché ho cosí tante difficoltà con il principio di autorità? E come mai, pur avendole, ho deciso di fare il magistrato inquirente? Ma il vero problema era un altro, e lo puntualizzò Cianchetti.

– Sanno tutto, 'sti bastardi.

– È come se fossero stati qui, ieri, mentre discutevamo la cosa, – confermò Vitale.

– Nessuno di noi, voglio sperare, si è lasciato scappare qualcosa, – puntualizzò Manrico.

– C'era anche la sua collega, – disse, piano, Cianchetti.

– Cosa vuole insinuare?

Si rese subito conto di aver reagito con un'enfasi eccessiva. Forse nutriva dei sospetti anche lui? Ma quali interessi avrebbero spinto Poli a una cosa simile? Era stato lui ad associarla all'inchiesta... Orru era tornata a immergersi nel computer, apparentemente estranea alla contesa. Vitale teneva gli occhi bassi. Diffidavano anche loro di Valentina? Manrico si attaccò al telefono interno, la chiamò e la pregò di unirsi a loro. Cinque minuti dopo la giovane era nell'ufficio.

Fu Manrico stesso a metterla al corrente di tutto. Lei annuí, poi si guardò intorno, afferrò un foglio bianco e una penna e ci scrisse sopra:

E SE FOSSIMO INTERCETTATI?

– Noi? – si fece scappare Manrico.

– Ma che dice questa? – fu il commento di Cianchetti.

Orru, che si era avvicinata, si portò un dito al naso e scrisse a sua volta qualcosa su un altro foglio.

Lasciatemi il vostro cellulare e andate a prendervi un caffè.

Un po' perplessi, uno alla volta depositarono il proprio telefonino sulla scrivania di Orru e uscirono dalla stanza.

– Ci vediamo nella sala fumatori fra venti minuti, – disse infine Gavina, a voce alta.

Era una specie di terrazzetto al terzo piano del palazzo dell'appello penale. Per tacito patto fra dipendenti, magistrati, sbirri e avvocati, lí nessuno rompeva i coglioni.

Il clima era cupo. L'idea che qualcuno potesse intercettarli... Oh, ma questo gliel'avrebbero mai chiesto al concorso da commissario? Che se fa quanno l'intercettatore viene intercettato? Cianchetti pescò nel fondo del giubbotto un avanzo di pacchetto di sigarette e ne estrasse una paglia tutta ciancicata. Ma né la Poli né Vitale fumavano, e figurati il contino. Lei stessa stava cercando di smettere, del resto... Insomma, per procurarsi da accendere dovette scendere di due piani, scovare uno degli ultimi colleghi tabagisti e farsi prestare un paio di zolfanelli (per fortuna esistevano ancora e qualcuno ancora li usava). Riapprodò nel terrazzetto mentre Manrico, Vitale e Valentina formulavano le piú svariate ipotesi sulla possibilità di essere spiati. Un po' Deborah si vergognava, visto che aveva puntato il dito contro la Pm. E se invece quella ci avesse visto giusto... le aveva fatto diffidenza solo perché era una nuova arrivata, ecco perché. D'altronde, poteva aver anticipato le mosse rivelando qualcosa che già sapeva.

Arrivò Orru, l'espressione corrucciata. Le si strinsero attorno. La sarda consegnò a Valentina il suo cellulare.

– Trojan.

– Che cosa?

La scena si ripeté con Manrico e con Deborah.

– I vostri telefoni sono infetti, – confermò Gavina, – non so da quando, ma vi siete portati addosso un registratore. Ho tolto le batterie. Adesso in ufficio ci sta un collega della Postale, un amico, persona fidata. Sta verificando se anche l'ambiente va bonificato. Cimici, per intenderci. Con lui è rimasta Brunella.

– Inoculare un trojan non è difficile, – osservò Valentina.

– Basta un messaggio, una mail, un qualunque allegato che uno apre distrattamente... – confermò Orru.

– Come mai hai pensato che potessimo essere intercettati?

Alla domanda di Manrico, sul bel volto di Valentina spuntò un sorriso amaro.

– Mi è già successo giú.
– La 'ndrangheta?
– I nostri colleghi. Un sospetto di corruzione.
– Su di te?
– Su tutti. C'è chi vede il male dappertutto. E spesso si sbaglia.

Era quello che ciascuno temeva. Se lo comunicarono con gli sguardi, che prima corsero fra Manrico e la squadra, poi si accesero di scintille rabbiose. Esistevano due possibilità. Una che l'intercettazione fosse legale, e in tal caso – nel caso cioè che un'altra autorità giudiziaria stesse indagando su di loro – non c'era modo di venirlo a sapere, anche se un tentativo per le vie ufficiali Manrico lo avrebbe fatto; l'altra che fosse clandestina: illegale.

– Io do per scontato che nessuno di noi...

Cianchetti non gli dette tempo di finire la frase.

– È stato quel pezzo de merda, so' sicura. Luberti. È stato lui.

– Ha una logica, – concesse Gavina Orru, – questo blog... *Blogoveritas*... praticamente è sbucato dal nulla qualche giorno fa...

– Che ve dicevo? – ancora Cianchetti. – Da quando è partita l'inchiesta.

– Ho provato a risalire all'ip, – proseguí Gavina, – ma mi rimbalza da un indirizzo all'altro...

– Che si fa coi telefoni? – chiese Cianchetti.

– Li puliamo, no? – per Orru la cosa era ovvia.

– Perché invece non ce li teniamo infetti e fottiamo il bastardo? – Anche per Cianchetti la cosa era ovvia: si doveva fingere di non essersi accorti di niente e propalare false informazioni in modo da far venire fuori l'infame. Ne scaturí una discussione. Orru e Vitale la vedevano in bianco o nero. Bianco se le cose le controlliamo noi. Noi intesi come i rappresentanti dello Stato. Nero se i manipolatori venivano dalle tenebre dell'antistato, e allora andavano inesorabilmente schiacciati.

– In effetti potremmo provare, – si inserí Valentina Poli. – Giochiamo d'anticipo con certe informazioni sensibili e…

– È quello che dico io! – solidarizzò Cianchetti.

Gli sguardi confluirono su Manrico, che sino a quel momento aveva taciuto.

– Fingere è un'arte complicata, – disse lui, piano.

C'era il rischio che si tradissero, e in ogni caso l'insistenza di quel blog, cosí scoperta, forse faceva parte di un disegno preciso.

– E sarebbe? – Cianchetti era molto scettica.

– Farcelo sapere. Metterci in guardia.

– E che so' scemi?

– No, sono molto furbi. Ci mandano un avviso: attenti, state toccando roba che scotta.

– E questo per noi significa: c'amo ragione, annamo avanti! – Qui Cianchetti si sentiva sfidata sul suo terreno, quello della spavalderia.

– Ma questo lo sappiamo noi, – notò Valentina, – loro no.

– Quindi, – Vitale s'incaricò di tirare le somme, – può darsi che abbiano pensato: se li intimidiamo, si fermeranno.

– E poi, – aggiunse Manrico, – intanto la notizia comincia a circolare. Si crea un certo senso comune. Quello del tanto rumore per nulla.

– Però noi potremmo rilanciare: facciamo uscire che un dirigente di una specifica azienda di grande interesse puzza… – Cianchetti aveva disseppellito l'ascia di guerra.

– Guerra mediatica –. Vitale sembrava approvare.

Manrico interrogò Gavina.

– Possiamo collegare Luberti al blog?

– No. Mi dispiace.

– Cianchetti, mi sa che ancora una volta si deve dare una calmata.

– E la passa liscia? – protestò lei, delusa.

– Io una perquisizione, comunque, la disporrei... – propose Valentina. – Dopo tutto, siamo stati vittime di un'incursione informatica.

– Statemi a sentire, – replicò, paziente, Manrico, – come abbiamo appena stabilito, la reazione di questa gente è indicativa. La nostra inchiesta ha toccato un nervo scoperto. Il modo migliore per rispondere è andare avanti per la nostra strada. Primo: confidiamo nel Dna. Secondo: approfondiamo il tema Luberti. Mi faccia una nuova ricerca. Cerchiamo di capire se fra i tre gentiluomini che quel giorno hanno visto Veronica e Luberti e Pampinella esistevano dei contatti. Prima o dopo il fatto.

– Ricerca informale, dottore? – s'informò Gavina.

– Carta bianca, – rispose, deciso, Manrico.

Valentina lanciò un'occhiata interrogativa. Nel linguaggio della squadra, del quale non era ancora perfettamente padrona, quel botta e risposta significava: a brigante, brigante e mezzo. Gavina sarebbe andata a intrufolarsi dove legalmente non sarebbe stato consentito. Un metodo poco ortodosso che già altre volte aveva funzionato egregiamente.

Cianchetti non era per niente convinta, ma che poteva farci? Era il contino a dettare le regole, e amen.

Riconsegnarono a Orru i cellulari perché li ripulisse. Tutti tranne Deborah, che lo trattenne.

– Niente iniziative azzardate, – la ammoní Manrico.

– Me lo tengo pe' ricordo, dottore. Da qualche parte

a casa c'ho ancora un vecchio Nokia, sa, de quelli de 'na vorta...

Orru ricevette un sms.

– L'ufficio è a posto. Possiamo rientrare.

Nell'ora successiva, Manrico stilò una dettagliata relazione e la inoltrò a Melchiorre e al procuratore generale. Ne discusse con Valentina Poli. Avrebbero potuto scrivere entrambi al procuratore di Perugia, la sede competente per i reati commessi dai magistrati romani. Avevano anche abbozzato il testo, che piú o meno diceva: siamo stati intercettati, se siete voi a procedere, ci mettiamo a disposizione per ogni comunicazione. Poi convennero sull'inutilità di una simile mossa: avrebbero dovuto indirizzare una missiva simile a tutte le Procure d'Italia, giacché chiunque poteva indagarli. Inoltre, a ben pensarci, se fossero stati intercettati in via ufficiale, perché informare un blog come *Blogoveritas*? Che per di piú secondo Orru era fasullo, creato a bella posta per l'occasione. Del resto, avevano la coscienza pulita. L'unica cosa che legava il terzetto Spinori-Poli-Cianchetti era l'inchiesta. Certo che per scatenare addirittura un'intercettazione illegale... che la mente fosse Luberti potevano esserci pochi dubbi.

Manrico ricevette una chiamata sul cellulare ormai restituito alla verginità. Era Stella Dubois. Voce affettuosa, con quel fondo roco che nelle ragazze Manrico trovava irresistibile.

– Buone notizie, principe.

– Veramente sarebbe contino.

– Quando un aristocratico mi piace non mi formalizzo. Novità positive, Manrico.

– Cioè?

– Abbiamo fatto otto corse elettroforetiche e i risultati sono confermati. Abbiamo il Dna misto di Veronica e di un individuo di sesso maschile. L'aplotipo è certo. Gli alleli si sono ripetuti senza nessuna eccezione. Se trovassimo un Dna corrispondente avremmo la persona che ha mescolato il suo sangue con quello della vittima.

– Mi sembra un'ottima notizia. Grazie. Salutami il professore.

– Vai di fretta?

Manrico pensò con un brivido che se il suo smartphone era stato infettato, anche gli scambi, per cosí dire, di amenità con Stella erano finiti in qualche archivio. E la telefonata con Maria Giulia? E l'incontro con Sibilla? Se almeno avesse saputo quando era cominciato tutto… Si immedesimò nella condizione dello spiato, dell'osservato, dell'investigato. Non era la prima volta che gli capitava, mai, però, con un'evidenza tanto dirompente.

– Manrico? Sei ancora in linea?

– Sí, scusami, stavo consultando un documento urgente.

– Ah, be', scusa tu… domani sera ho qualche amico per una piccola cena, niente di impegnativo, c'è anche quel giornalista molto simpatico della Rai, il pianista… ti andrebbe di unirti?

– Va bene, – rispose, convinto.

– Ti aspetto alle otto e mezza.

– Ci sarò.

Una volta si può rispondere di no a una bella signora, due sarebbe decisamente cafonaggine, si disse, come se avvertisse la necessità di giustificarsi. Ma in realtà non l'avvertiva affatto. Anzi. La prospettiva gli procurava una certa eccitazione. Mise Valentina al corrente degli sviluppi. Lei se ne andò e, uscendo, lo salutò con un guizzo vagamente canzonatorio nei begli occhi scuri.

Il pomeriggio era quasi finito quando squillò il telefono. Era un numero sconosciuto.

– Il dottor Spinori?

– Forse dovrebbe prima dirmi chi è lei.

– Sono Giusy Ridorè. La figlia di Guido. Vorrei parlarle.

XXIV.

La *Dalia azzurra* era un LGBT café lungo via San Giovanni in Laterano, affluente dell'omonima piazza che negli ultimi anni era stata popolata e resa popolare dalla comunità gay della capitale. Prendeva il nome da un vecchio film noir degli anni Quaranta interpretato da Alan Ladd e Veronica Lake. Ed era proprio alla conturbante diva che si ispirava, anche nell'aspetto fisico e nel look – riccioli biondi che cadevano a metà di un volto irregolare, gonna al ginocchio, aderentissima, camicia di lamé, un corto bolero verde, un'incongrua, forse, collana etnica – Angelica, quarant'anni, proprietaria e gestora del club. Compagna di Giusy Ridorè, che di anni ne aveva ventinove e portava jeans strappati, maglietta nera senza maniche, giubbotto borchiato dello stesso colore, capelli rasati quasi a zero. Angelica non arrivava al metro e sessanta, Giusy era alta quasi quanto Manrico e rassomigliava in modo impressionante al padre.

Angelica aveva accolto il Pm con un sorriso cordiale e una stretta di mano gentile. Giusy si era limitata a chinare appena il capo.

Si diressero a un tavolino in penombra, sul fondo della piccola sala, dal lato opposto rispetto a una pedana con un pianoforte, una batteria e un microfono. Alle pareti gigantografie della Lake, un faccione di Bogart, una Marilyn con il vento che le solleva la gonna nella celebre sequenza di *Quando la moglie è in vacanza*. Il locale era semideserto: dietro il bancone c'erano una barista e un ragazzotto con una lunga coda di cavallo che shakerava un cocktail. Di sottofondo, musiche che a Manrico dicevano qualcosa ma che sul momento non riusciva a identificare (avrebbe ricordato solo in seguito che si trattava dei Rem). Per il resto, intorno a loro non c'era nessuno.

– Vi porto qualcosa? – si offrí Angelica.

Giusy chiese un gin tonic «con quel gin sardo che sai». Manrico si associò. La donna si avviò veleggiando al bancone. Giusy si accese una sigaretta. Il cartello «vietato fumare», evidentemente, per lei non valeva.

– Sí, so cosa sta pensando. A quest'ora è un mortorio, ma verso mezzanotte le cose migliorano. D'altronde, Angelica è fatta cosí. È fissata con gli anni Quaranta. Sa perché è cosí presa da quella Lake?

– No. Me lo dica lei.

– Perché era schizofrenica. O comunque matta o mezza matta, una roba cosí. Come Angelica. L'hanno anche ricoverata, sa?

– Mi dispiace.

– I genitori non accettavano che fosse lesbica. Sa, gente di chiesa...

Angelica serví personalmente i cocktail. Entrò una coppia, lui con la custodia di una chitarra. – Vi lascio, – disse la gestora, – devo accogliere i musicisti.

– Che ci faranno due palle col loro jazz freddo, – fu il commento, tra i denti, di Giusy.

Manrico provava uno strano disagio. C'era nell'aria una tempesta, e si stava avvicinando. Aveva acconsentito a incontrare la figlia di Ridorè sul suo terreno, e cominciava a pentirsene. Sentiva che Giusy era pronta all'attacco. Stava solo aspettando il momento migliore per colpire, e colpire a fondo. Intanto, sorseggiava con aria apparentemente concentrata il suo gin tonic. C'era un silenzio che Manrico trovava insopportabile.

– Come ha fatto ad avere il numero del mio cellulare? – le chiese.

– Quando si è sparsa la notizia che lei aveva riaperto l'inchiesta che ha causato la morte di mio padre ho postato un commento.

– Posso immaginare di che tenore.

– Oh no, molto peggio, mi creda. Però qualcuno ha risposto che lei era una brava persona. Lei è una brava persona?

– Posso essere franco con lei, Giusy?

– Può provarci, ma non garantisco sulla mia reazione.

– La sua è una domanda assurda. Che dovrei risponderle? No, sono uno stronzo?

La ragazza buttò giú un altro sorso e spense la sigaretta sotto il tacco di uno stivalone da country&western.

– Be', – aggiunse, – comunque questo tipo mi ha dato il suo cellulare.

– Ha un nome, questo tipo?

– Sul social in questione nessuno dà il suo vero nome. Ma mi ha scritto che, se ci fossimo incontrati, avrei potuto darle un messaggio.

– Lo ascolto.

– Saluti dal Bagatto.

Manrico sorrise. La cosa tornava. Lediosca si era presa un eccesso di confidenza. Ma forse, anzi, sicuramente, l'aveva fatto a fin di bene.

– Ha capito di chi sto parlando? – questa volta fu Giusy a porre la domanda.

– Sí, credo di sí.

– Qualcuno che le vuole davvero bene o uno che la odia?

– Non saprei dirlo.

– Non vuole sbilanciarsi... – fece l'altra, pensierosa. – Mi dica: perché ha riaperto l'inchiesta?

– Perché qualcuno mi ha detto: l'avevi chiusa troppo in fretta, hai sbagliato.

– Ed è vero? Ha sbagliato?

– È quello che sto cercando di capire.

Dal microfono partí uno stentoreo «prova prova». Soddisfatta dell'esito, la musicista che aveva fatto il suo ingresso poco prima si avviò al piano e saggiò la tastiera con il riff di *Take Five*.

– Che le dicevo? Due palle... Per fortuna dopo un po' sbaraccano e parte il dj set...

– Che le piace di piú.

– Lo credo bene, sono io la dj! Sa, mi dispiace che stasera l'atmosfera sia cosí moscia. Avrei voluto mostrarle il *Dalia azzurra* al massimo del suo splendore. Sarebbe stato l'unico etero della serata... perché lei è etero, vero?

– Ha importanza?

– Un punto per lei, – poi, di colpo tetra, Giusy gli piantò addosso uno sguardo acuminato, velenoso. – Ha riaperto l'inchiesta e non ha pensato di cercare me. La figlia dell'uomo che si è ammazzato per colpa sua.

Ecco. Ecco la questione che lui aveva temuto sin dall'avvio di quello strano incontro. Decise di essere onesto, anche se, probabilmente, ciò avrebbe reso Giusy ancora piú feroce.

– In realtà non mi è nemmeno passato per la mente, Giusy.

Lei sembrò prenderla meglio del previsto. Si rilassò sulla sedia, con un sospiro. Ora era la volta del chitarrista di provare la chitarra. Note morbide, anche in questo caso. Giusy si alzò di scatto e andò ad arpionare Angelica. Le sussurrò qualcosa nell'orecchio. Quella annuí, poi riferí il messaggio alla pianista, che raggiunse il chitarrista. I due confabularono qualche secondo, poi lui smise di suonare.

– Mi stavano rompendo, quei due, – spiegò Giusy tornando da Manrico.

– Adesso che ci siamo incontrati, – disse lui, – anche se non per merito mio, se c'è qualcosa che vuol dirmi...

– Il punto non è quello che io potrei dire a lei. Il punto è quello che avrei potuto dire a lui, a mio padre. E ancora peggio: quello che lui avrebbe dovuto dire a me. Sapesse quante volte mi sono immaginata la scena. Io che vado da lui e gli dico: papà, devo confessarti una cosa. Sono lesbica. E lui che mi abbraccia e risponde: figlia mia, che bello scoprirlo! Io sono gay, ed è una vita che mi nascondo...

– Giusy...

– Ma io non mi nascondo. Non sono un austero militare in servizio che deve far finta di giocare al macho per tutta la sua fottuta vita. Io ho la mia vita, la vivo alla luce del sole e sono felice di viverla. È stata solo una questione di giorni. Avevo deciso di parlargli. E io credo... no, sono sicura, sono sicura che lui si sarebbe aperto con me. Col tempo anche mia madre avrebbe capito. Ha presente le storie a lieto fine? Un grande, commovente abbraccio, una bella musica hollywoodiana e tutti vissero felici e contenti... Ma lei, – lo sguardo tornò a farsi cattivo, – lei questa scena me l'ha rubata, dottore. La scena piú bella della mia vita. Non glielo perdonerò mai. Almeno scopra chi cazzo ha ammazzato quella poverina, perché certo non è stato papà.

Angelica si era accorta del turbamento di Giusy, e si stava avvicinando premurosa. La compagna la rassicurò con un cenno perentorio.

– Il dottore se ne sta andando. L'ambiente non è di suo gradimento.

Angelica fissò la sua compagna, quindi sorrise a Manrico.
– Non è sempre cosí.
– Già, dipende da come mi disegnano, – replicò l'altra.
Manrico, però, rimase ostinatamente seduto.
– Be'? Che c'è? – lo provocò Giusy. – Ha deciso di provare il brivido della trasgressione?
– No, ho deciso di chiederle scusa, e di farlo concretamente. Venga a trovarmi in ufficio. La prenderò a verbale. Mi racconterà tutto quello che ha voglia di dirmi di suo padre. E cercheremo di ricostruire...
– Tempo perso, – tagliò corto la giovane, – l'unica cosa che posso dirle è che negli ultimi mesi stava di merda.
– Per quale motivo?
– Quelle maledette commissioni... la cooperazione, i paesi in via di sviluppo, quella roba là... ricostruzioni, investimenti, soldi, insomma... subiva ogni tipo di pressione. Tornava da quelle riunioni con una faccia... Voleva dimettersi, ma non glielo permettevano. Sostenevano che era l'uomo giusto al posto giusto. L'ex militare senza macchia. Una volta mi disse: «Giusy, se sapessi... ci sono posti dove i bambini muoiono come mosche e le case sono costruite con lo sputo, quello che per me significa dolore... certa gente ci ride sopra e si frega le mani pensando ai soldi che ci farà...» – Si bloccò e concluse secca: – Questo è tutto. Stammi bene, signor Bagatto.

XXV.

Rispondendo con sollecitudine alla comunicazione che Gavina Orru gli aveva recapitato il pomeriggio precedente, Sergio Luberti, l'uomo che la squadra sospettava di aver inoculato il trojan nei cellulari, si era sottoposto al prelievo del Dna. Era stato il primo a recarsi presso lo studio di Gatteschi, intorno alle 17.30. Poi si era messo in ferie. Notizia appresa telefonicamente da Cianchetti.

– Hanno saputo che era indagato e se lo sono levato di torno, almeno finché le cose non si chiariscono, – osservò Valentina Poli.

Plausibile. Ma visto che il blog malandrino era scomparso dalla rete (parola di Orru) e che di certo loro manifesti non ne avevano affissi, come avevano fatto i vertici di Raffaello a sapere? O Luberti stesso gliene aveva parlato, in un sussulto di lealtà aziendale o, sospettava Manrico, Gaspare Melchiorre aveva fatto pervenire un inequivocabile messaggio al suo amico Giulioni. Il procuratore non lo avrebbe ammesso nemmeno sotto tortura, ma conoscendo l'uomo come lo conosceva Manrico, l'ipotesi era quanto mai verosimile.

– Peraltro, – riprese Valentina, – ci ha dato spontaneamente il Dna... quindi su questo aspetto deve sentirsi sicuro.

– O se sente troppo furbo e sta a fa' 'na cazzata, – nelle parole di Cianchetti echeggiava una neanche troppo velata speranza. L'idea del poliziotto rinnegato la offendeva nel profondo.

Telefonò Stella Dubois. Anche il regista, l'ex sottosegretario obeso e il nobile sedicente cugino di Manrico si erano docilmente sottoposti al prelievo. D'Armont aveva anche nominato un proprio consulente per controllare la regolarità delle operazioni. Era un professore di Torino. Un vecchio conoscente di Gatteschi. Si erano accordati per cominciare i lavori l'indomani stesso. Mentre lei era al telefono, il suo capo stava provvedendo personalmente alla manutenzione straordinaria dei macchinari, in modo da evitare anche il minimo sospetto di inquinamento.

– Noi ci vediamo stasera, non dimenticarlo.

– Ci mancherebbe, Stella.

Valentina chiese a Orru se la sua ricerca avesse prodotto qualche risultato. Gavina rispose di no. Sinora niente legava Luberti ai tre sospetti.

– Ma ci sono ancora un bel po' di dati da esplorare, – assicurò, – se c'è qualcosa, verrà fuori...

Poi Brunella passò una chiamata interna. Era Maresca-Pinari, un avvocato di notevole spessore e notoriamente correttissimo, con cui Manrico si concedeva una certa confidenza.

– Buongiorno, dottor Spinori. Non le farò perdere tempo. C'è un suo indagato che vorrebbe rendere una dichiarazione spontanea alla presenza del proprio difensore. Cioè io.

– Di che si tratta?

– Facciamo prima a vederci di persona.

– Perché, dove siete?

– Davanti alla sua porta.

Manrico attraversò l'anticamera e uscí nel corridoio. Sorretto dall'alta e distinta figura dell'avvocato, ansimava, visibilmente sull'orlo delle lacrime, il visconte D'Armont.

– Voglio dirti tutto, cugino... – esordí l'aristocratico, dopo che si fu accasciato su una poltrona.

– Visconte, – intervenne Maresca-Pinari, prevenendo il magistrato, – si rivolga al consigliere con il lei, la prego.

– Va bene, lasciamo perdere, – concesse Manrico, scambiando un'occhiata eloquente con Cianchetti, che verbalizzava. – Su, avanti... cugino...

– Quella sera io ci sono stato. Ero perdutamente innamorato di Veronica, e le ho chiesto di venire a vivere con me. Ero pronto a lasciare mia moglie, la mia famiglia, il mio lavoro, tutto...

– Senta... – cominciò Manrico.

L'avvocato lo stoppò subito.

– Dichiarazione spontanea. Niente domande, niente risposte, o ci alziamo e ce ne andiamo.

– Magari il suo cliente non è d'accordo, – s'inserí Cianchetti. Certi modi avvocateschi proprio non li reggeva.

– L'avvocato ha ragione, – la corresse Manrico, poi, rivolto a D'Armont: – La ascolto.

– Lei mi disse di no. Io ero... disperato. Le dissi che mi sarei ucciso lí, davanti a lei. Avevo un coltellino e feci il gesto di incidermi i polsi...

L'avvocato prese la parola, interrompendolo.

– Terenzio, la verità. Come avevamo stabilito.

– E sia –. D'Armont passò a un tono decisamente teatrale. – In effetti mi procurai un piccolo taglietto... proprio qui... uscí un po' di sangue...

– Dove si trovava quando tentò... quando si procurò il taglietto?

– In camera da letto, – rispose l'altro, senza esitare.

– Quindi, – puntualizzò l'avvocato, – nel caso si dovesse rinvenire materia organica del mio assistito...

Com'era quella roba latina? Quella che sarebbe a di' chi

se scusa s'accusa? Cianchetti pestava rabbiosamente sulla tastiera. Ma a chi vuoi darla a bere, a visconte!

– Però lei rimase fredda. Cosí fredda... Mi rispose di non fare il melodrammatico. Quando voleva sapeva essere sprezzante. Ho pensato: se anche andassi avanti, se mi vedesse immerso nel mio sangue, non piangerebbe una lacrima... cosí tornai in me. La pagai per... per l'ora che avevamo trascorso insieme e me ne andai.

– Il suo assistito ha altro da aggiungere? – chiese Manrico all'avvocato, formale.

Maresca-Pinari guardò il visconte. Il nobile scosse la testa. Poi, di colpo, afferrò le mani di Manrico.

– Ma tu mi credi, vero? Io non sono un assassino!

Manrico si liberò dalla stretta.

– Come ha detto il suo avvocato, se vuole che io interloquisca con lei deve sottoporsi a interrogatorio.

– Manrico...

– È tutto, signor D'Armont.

– Be', – commentò Cianchetti, quando rimasero soli nell'ufficio, – mo' s'è capito perché il tipo ha nominato un suo consulente. Sicuro che il sangue suo sta là.

– Difesa abile. Lui sostiene di aver sanguinato in camera da letto, il divano con la traccia che ci interessa stava da un'altra parte...

– Lei non gli crede.

– Io credo che abbia fatto finta di tagliarsi, o che si sia graffiato. E ce lo vedo, a rendersi ridicolo davanti alla povera Veronica. Ad ammazzarla no, proprio non ce lo vedo.

Però, qualcosa nelle parole del visconte l'aveva colpito. Non avrebbe saputo dire che cosa, eppure era come se gli fosse stato recapitato uno di quei messaggi che sembrano provenire dall'esterno, invece nascono da dentro di noi. Arriva una suggestione che attiva sinapsi addormentate e queste urlano per farsi intendere. Ma non sempre ci riescono. Manrico ci stava appunto ripensando mentre rifletteva su cosa indossare per la cena da Stella. Era molto contento di aver accettato l'invito. Molto. Aveva desiderio di incontrare gente, e soprattutto di riprendere con la giovane dottoressa un discorso che si era interrotto, sí, bruscamente, ma che ora si riproponeva con un nuovo, stimolante profumo di avventura. Optò infine per una camicia bianca con blazer blu e si tirò alle spalle la porta d'ingresso, avvertendo quel piacevole formicolio che aveva il potere di restituirgli la gioia di vivere.

Si risvegliò con un braccio indolenzito. Stella era esile ma, per quanto leggero, il peso del suo corpo si faceva sentire. Aveva la bocca impastata – non era stata serata da tirarsi indietro davanti a bollicine e rhum di Giamaica – e il display sul comodino di un letto che non era il suo segnava le quattro e trenta. Colto dalla consueta sindrome che gli impediva di trascorrere la notte in compagnia dell'amante, prese lentamente a divincolare il braccio.

– Dove credi di andare? – reagí Stella.

Affondò le unghie nei suoi bicipiti e lo attirò a sé.

Piú che decisa, era imperiosa. Le loro bocche si cercarono, e gli odori, quell'impasto dei vizi delle ore trascorse e della notte che incalzava, parvero a Manrico deliziosamente eccitanti. Mentre lei gli si metteva a cavalcioni, si domandò per un istante se la luce che le aveva visto brillare negli occhi non si fosse accesa di un piccolo, inquietante lampo di follia. La sensazione di qualcosa di vagamente distorto che aveva provato, in modo fugace, durante la cena, quando si erano venuti a trovare per un secondo accostati, e all'improvviso lei lo aveva graffiato, sí, graffiato su una guancia con una zampata imprevedibile. Una scossa di attrazione e di paura lo aveva attraversato. Allora, come adesso. Stella si chinò in avanti. E lui si lasciò andare.

XXVI.

Manrico riaccese il cellulare a bordo del taxi che lo avrebbe riportato a palazzo Van Winckel. Era venuto meno alla regola aurea e aveva passato l'intera nottata in un letto non suo. Stella Dubois era riuscita nell'impresa. Cedere non era stato, dopo tutto, un gran sacrificio, ma un certo senso di malessere si era comunque insinuato in lui. Morbosità: ecco il termine che gli veniva in mente ripensando all'espressione di lei al risveglio. Si era ritrovato coinvolto in un'altra abitudine che non gli apparteneva, la colazione a letto con vassoio. Quante discussioni con Camillo, convinto assertore dell'obbligo per un nobiluomo di iniziare la giornata disseminando le coltri di brandelli di croissant... Ovviamente era stato impossibile opporsi a Stella, alla sua vestaglia di seta rossa, al suo abbraccio caldo, alle parole dolci sussurrate, all'invito al quale non aveva neanche per un attimo pensato di sottrarsi... Ma quando, infine, si era rivestito, era rimasto colpito dallo sguardo tagliente di lei. Non ci aveva letto appagamento, quanto sfida. E questo lo aveva reso inquieto... Inoltre c'era una chiamata di Camillo, verso la mezzanotte. Rassicurò il maggiordomo con un messaggio vocale.

Il programma prevedeva un lungo bagno caldo, forse una passeggiata con donna Elena, un pranzo esteso ad Alex, se fosse stato disponibile, una telefonata con Adelaide, perché erano un po' di giorni che non si sentivano.

E, naturalmente, una chiacchierata con Gatteschi per le prime notizie sugli esami del Dna.

Aveva appena pagato il tassista e si apprestava a entrare nel palazzo quando gli si parò davanti Giusy Ridorè. Aveva lo stesso giubbotto e gli stessi stivali di due sere prima, e sbocconcellava un trancio di pizza al taglio.

– Notte agitata, signor contino?

– Buongiorno, signora Ridorè.

– Giusy. Mi aveva detto che se avessi avuto qualcosa da riferirle…

– Poteva raggiungermi in qualunque momento in ufficio.

– Non mi piacciono i commissariati.

– Veramente si tratterebbe della Procura.

– Peggio mi sento.

– Posso offrirle un caffè?

– A casa sua? Perché no? Non ci sono mai stata da un conte.

Camillo, imperturbabile come sempre, accolse l'imprevista ospite con la consueta cortesia, le sfilò dalle mani la carta oleata appallottolata che Giusy era sul punto di ficcarsi in tasca, l'aiutò a liberarsi del giubbotto e fece strada verso un salottino dove era stata apparecchiata la colazione per una sola persona.

– Aggiungo per la signora, signor contino?

– Ho già dato, Camillo. Giusy, si accomodi e si serva.

Lei non se lo fece ripetere. Sedette e si versò una tazza di caffè, prevenendo Camillo che era già scattato in avanti. Manrico fece cenno al maggiordomo di lasciarli soli e prese posto davanti alla giovane. Lei addentò un piccolo bignè al cioccolato.

– Si tratta bene, signor contino.

– Finché non mi sbatteranno fuori.

– Aristocrazia decaduta?

– Vizio del gioco.
– Lei? Non mi pareva il tipo.
– Mia madre.
– Sa che comincia a starmi simpatico?
– Il sentimento potrebbe essere reciproco.
– Le dispiace se fumo?
– Faccia pure.

Giusy si accese una sigaretta, aspirò una lunga boccata, quindi tirò fuori dalla tasca posteriore dei jeans un foglio spiegazzato e con un angolo mezzo bruciato.

– Le ho portato questo. Non so se può interessarle...

Lo porse a Manrico. Era piuttosto malridotto. Conteneva una serie di ghirigori incomprensibili, di quelli che si vergano quando si è sovrappensiero, si sta pensando ad altro, si sta fingendo di ascoltare con pazienza le chiacchiere di un individuo molesto. E anche un'annotazione a mano.

> G. sta diventando ossessivo. Questa settimana mi ha cercato tre volte. Non so come levarmelo dalle palle.

– È la scrittura di suo padre, Giusy?
– Sicuro.
– Lei ha idea di chi possa essere questo G.?
– Mai sentito nominare.
– Dove ha trovato questo appunto?

La ragazza sbuffò e si versò dell'altro caffè.

– Dopo la morte di papà mia madre ha fatto piazza pulita di tutto, terra bruciata, in senso letterale: c'è stato un momento in cui sembrava come impazzita. Insomma, l'ho recuperato da un libro che stava bruciando.

– Un libro?

– Sí. *Il cacciatore di aquiloni*. Lo stava leggendo quando... quando lei lo ha fatto arrestare.

– Ne è certa?

– Pensa che potrei dimenticare un particolare del genere? Sa perché mia madre voleva bruciarlo? Perché era uscita la notizia che lo stesso libro lo stava leggendo... quella Veronica...

– Andava molto di moda, all'epoca.

– Sí, e infatti lui e l'altra lo stavano leggendo insieme.

Manrico ebbe un flash. Vero. Il romanzo era stato ritrovato nella piccola biblioteca della trans. Corrispondeva.

– Be', questo è tutto –. Giusy spense la sigaretta nella tazza del caffè.

– Venga, la accompagno.

Manrico la scortò all'ingresso e la aiutò a indossare il giubbotto che Camillo aveva appeso all'attaccapanni.

– Mi faccia sapere se è servito a qualcosa, signor contino.

Manrico attraversò come in trance il pranzo con Alex e la madre e la lunga telefonata con Adelaide da Washington (la sua ex scalpitava per rientrare in Italia, giacché svegliarsi ogni mattina leggendo su media e social un peana per Donald Trump non la rendeva ben disposta verso la piú grande democrazia dell'Occidente). Non riusciva a togliersi dalla testa il «pizzino» che gli aveva dato Giusy Ridorè. L'aveva precauzionalmente riposto in una cartellina trasparente. Ma era già passato da chissà quante mani, e per ricondurre con certezza l'annotazione al defunto colonnello sarebbe servita una perizia grafologica, la parola della figlia non bastava. Cosí come non bastava per la datazione dell'appunto. Certo, se si fosse potuto stabilire che un certo «G.» ossessionava Ridorè nei giorni immediatamente precedenti la morte di Veronica... Ebbene? Se anche lo si fosse stabilito? C'era forse da qualche parte in questa storia un signor G.? Questo andirivieni di informazioni stava diventando snervante. Faceva un passo avanti e due indietro. G. poteva essere il donatore del sangue trovato sulla scena del delitto. Era ancora in preda a questi pensieri quando, a metà pomeriggio, gli telefonò Gatteschi.

– Su col morale, contino, – tono deciso, voce reboante.

– Sono tutto orecchie, prof.

– Abbiamo effettuato i confronti.

– Federico, risparmiami i tuoi soliti giochetti. C'è qualche coincidenza o no?

Gatteschi si prese una pausa da giudice di un talent televisivo. Manrico stava per mandarlo a quel paese quando, dopo un profondo sospiro, emise il suo verdetto.

– No. Non abbiamo nessuna coincidenza.

– Nemmeno con D'Armont?

– Sei peggio di quel vecchio barbagianni del suo consulente. Se ti dico che non coincide, non coincide. Punto e basta. Per sicurezza, lunedí faremo altre quattro corse, ma per me è una pura perdita di tempo.

– Ti ringrazio.

E cosí, né il regista, né il sottosegretario, né il nobile torinese avevano mescolato il proprio sangue a quello di Veronica. E tanto meno vi erano tracce dell'ambiguo Luberti e del fu Pampinella. Dunque, la poveretta aveva colluttato con qualcuno che, per il momento, era estraneo all'indagine. Se le cose stavano cosí, il caso correva diritto verso l'archiviazione. Manrico poteva sbizzarrirsi con una nota scritta che restituisse l'onore al colonnello Ridorè: perché ormai della sua innocenza era straconvinto. E di sicuro lo avrebbe fatto. Ma un conto era lavorare per la memoria, un altro per la giustizia. C'era una sola persona che avrebbe forse, e il forse era davvero *ultima spes*, potuto sciogliere l'enigma. Manrico telefonò a Blumenstein. Utente irraggiungibile. Gli spedí un sms e un vocale, invocando un incontro urgente: era necessario, vitale per l'inchiesta che stava svolgendo, interrogare ancora er Farina. Nessuna risposta. Lo chiamò, in compenso, Stella Dubois.

– Qui in laboratorio abbiamo finito. Passi da queste parti? Ci vediamo in centro?

Gli mancò una pronta risposta. Avevano per caso concordato un appuntamento e lui, fra le nebbie del desiderio e la confusione di un risveglio anomalo, se ne era dimenticato? Si erano scambiati qualche promessa che gli era passata di mente? Stavano avviando una relazione?

– Manrico?

– Scusami, ma stasera devo occuparmi di mia madre –. Cercò di recuperare con un tono pacato e ragionevolmente sicuro di sé.

– Comprendo. Allora domani?

– Ecco, appunto, – rettificò, – significa che partiamo per la campagna e torniamo domani sera.

– Mi dispiace tanto, – fece lei, e lo salutò schioccando un bacio nell'apparecchio.

Era rammaricato per averla ferita? Non proprio. Tanta insistenza lo aveva messo sul chi vive. Dopo tutto nemmeno un mese prima era stata lei a scaricarlo (e a essere sinceri lui non si era stracciato le vesti). Stava diventando insensibile? La ferita di Maria Giulia avrebbe dovuto bruciare, invece il pensiero ricorrente era all'ultimo incontro con Sibilla. La sua ragazza di sempre, la moglie di un suo amico.

– Manrico Spinori!

Non si era accorto della presenza della madre.

– Mamma...

– Non permetterti mai piú di usare la tua povera madre come alibi per respingere una corteggiatrice molesta. Domani pomeriggio ho invitato alcune amiche per un burraco, – aggiunse, poi, con un sorriso perfido, la vecchia signora.

XXVII.

Alla fine, Blumenstein batté un colpo.

– Ci vediamo da me, Manrico.

– Alla buon'ora! Ti sto dando la caccia...

– Preparati a un bel casino, amico mio...

Il collega lo accolse in maniche di camicia. Aveva l'aria disfatta. Si strinsero la mano. L'atmosfera era parecchio pesante e aleggiava un forte sentore di fumo stantio. Nella stanza c'era un tipo grande e grosso che Manrico ricordava di aver già incontrato da qualche parte. Fu lui a far partire la registrazione, toccando un tasto su un tablet.

– Sta' a sentire, – annunciò Blumenstein.

Si trattava di una telefonata.

> «Hello?»
> «Vic, so' Pino».

Blumenstein fece cenno di interrompere la conversazione. Poi si rivolse a Manrico.

– L'hai riconosciuto?

– Francamente...

– «Pino» è il nostro Mancini Giuseppe, detto er Farina.

– Ah. E l'altro?

– Te lo dico dopo. Adesso andiamo avanti sino alla fine.

Nuovo cenno di Blumenstein e la registrazione riprese.

«Hi, italiano, piece of shit! What news?»
«Tutto bene, Vic».
«Ci dicisti all things?»
«Tutto. Come ha voluto don...»
«No name, muto».
«Scusami».
«Parlasti dei frati?»
«Tutti quanti».
«Ti portaro a 'u paisi?»
«Sí».
«Parlasti di Achille?»
«Ho detto tutto».
«Parlasti del warehouse?»
«Che?»
«'O deposito».
«Sí, certo».
«Sta bene. C'è altro?»
«Fra'».
«Yeah?»
«Quel chilo...»
«What?»
«'A conserva».
«Aahhh...»
«Posso...»
«Aahh, volevi o monkey business, eh?»
«Vic, il don aveva detto...»
«Tu hai ringraziare 'u signuruzzu ca si ancora vivu, you fucking turd, capiscisti?»
«Ma 'a conserva...»
«Pi', ora ferma là, poi si vede».

– Allora, – spiegò Blumenstein, con un sorriso amaro, – l'interlocutore del Farina è Vic Mancuso, detto l'Australiano, perché ha vissuto per qualche anno a Adelaide. È un mafioso di Toronto dell'omonima famiglia di cui il don, il capo, è Francesco Paolo Mancuso. I Mancuso sono emigrati al tempo della grande guerra di mafia, sono fra gli «scappati», quelli sfuggiti ai corleonesi. Si sono trapiantati in Canada. Hanno stretto accordi con i messicani e con la ’ndrangheta. Muovono grossi quantitativi di cocaina. «’A conserva» è un chilo di cocaina pura al novantacinque per cento. Er Farina l’aveva messo da parte per i tempi bui. In pratica, aveva fatto la cresta ai fornitori. E quelli sono venuti a saperlo...

– Su una cosa il mafioso tiene ragione, – intervenne l’altro uomo. – Quello è un pezzo de merda, – poi, rivolto a Manrico: – Dotto’, io gliel’avevo detto...

Finalmente Manrico lo riconobbe. Era il poliziotto del servizio di protezione che lo aveva accompagnato in tribunale la prima, e unica volta, in cui si era incontrato col Farina. Si chiamava Balestra, o qualcosa di simile.

– I Mancuso gestiscono un grosso traffico, ma non compaiono in prima persona. Si affidano a intermediari, – riprese Blumenstein. – Farina è uno di loro. Ma ha cercato di fregarli. E a questo punto c’erano due possibilità: o lo facevano fuori, oppure lui li ripagava in qualche altro modo.

– Che sarebbe a di’, – completò Balestra, – primo, fa trovare il deposito, cioè tutta quella roba che abbiamo sequestrato, che non è dei Mancuso, ma dei loro rivali...

– Secondo, – Blumenstein e il poliziotto sembravano il gatto e la volpe, sebbene un gatto e una volpe piuttosto delusi e abbacchiati, – fare chiarezza su una serie di reati commessi dai nemici dei Mancuso...

– E mo’, siccome non gli basta, – rincarò la dose il poliziotto – gatto o volpe, – se vole pure tene’ il chilo de coca d’avanzo...

Tutto si era scoperto, proseguí Blumenstein, per merito di Balestra, che sin dal primo momento aveva sentito puzza di bruciato. A insospettirlo, peggio, a indisporlo da subito nei confronti del Farina, la prepotenza con cui l'uomo trattava la compagna, Dayana. Che aveva il solo torto di essersi innamorata dell'uomo sbagliato. Lavorando con pazienza e approfittando del trasferimento del Farina in Calabria, Balestra era riuscito a guadagnarsi la confidenza della donna. Lei gli aveva rivelato che non ne poteva piú di quella vita, ma che aveva paura, una paura terribile: non tanto del Farina, ma di quelli che stavano dietro di lui e che lo manovravano. E cosí era venuta fuori la storia del chilo trafugato, e tutto il resto.

– Per comunicare, – spiegò Blumenstein, – il nostro uomo usava uno di quei telefonini grandi quanto un'unghia. Ti lascio immaginare dove lo nascondeva per evitare che lo trovassero.

– Pezzo de merda, – ribadí Balestra.

– Ma voi, – chiese Manrico, – continuate a intercettarlo?

– Lo abbiamo arrestato, – rispose Blumenstein, – e abbiamo sequestrato il chilo di roba. Farina è bruciato.

Sí, bruciato. Un finto pentito è un baco che corrode l'inchiesta, l'invalida sin dall'origine. La Difesa degli accusati avrebbe avuto molte frecce al proprio arco. Anche le notizie confermate sarebbero comunque risultate sospette. E qual era stato, in fondo, il contributo del Farina al caso Veronica? Illazioni... congetture... nulla...

– Mi dispiace per le tue indagini, – concluse Blumenstein, – domani la notizia sarà su tutti i giornali. Volevo che lo sapessi da me. Mi dispiace davvero.

XXVIII.

Quando Manrico entrò nel suo ufficio, fu oggetto, preda, vittima di un vero e proprio assalto. Se non premeditato, quanto meno organizzato.

– Ma dove si è cacciato?

– Sparire cosí.

– Non ha risposto al telefono.

– Il procuratore ha mandato due volte la scorta.

– E mica ce po' tratta' come er maggiordomo suo, e che!

Una Vitale corrucciata, una Orru indignata, una Cianchetti scatenata, persino Brunella con l'aria cupa e, evidentemente allertata da tempestivo avviso, una furibonda sopraggiungente Valentina Poli. Tutte coalizzate contro il disperso. Un'unanimità critica ai confini dell'ammutinamento. D'altronde, a questo faceva pensare la sua assenza delle ultime quarantott'ore: al capitano che abbandona la nave che affonda.

– Sono consapevole del mio comportamento e vi chiedo scusa, – esordí lui, posando sulla scrivania un involucro avvolto nella carta intestata di una famosa pasticceria siciliana.

– Guardi che nun è che se famo compera' co' du' frappe! – ruggí Cianchetti.

Piú pragmatica, Valentina Poli scartò il pacco senza dire una parola. Comparve una guantiera di cannoli, cassatine, setteveli in formato ridotto. Si sparse un irresistibile aroma di cannella, cioccolato, ricotta fresca.

– Avevo solo bisogno di un po' di tempo per pensare, – proseguí Manrico.

– Be' c'è poco da pensa': 'sta storia è finita, – chiosò l'ispettora. Al primo morso di cassata, però, si ammorbidí: negli ultimi giorni stava sviluppando un piacere decisamente eccessivo per i dolci, e nella sua testa cominciava a farsi strada un'idea alla quale non voleva nemmeno avvicinarsi.

– Comunque dobbiamo parlare, – puntualizzò Vitale, afferrando un cannolo.

Scelsero il cannolo anche Valentina e Brunella. Orru si mantenne sulle sue. Cianchetti andò di setteveli.

Per un po' si dedicarono agli zuccheri. Poi Brunella preparò il caffè. Infine la squadra assunse la formazione tipica del brain storming.

– Per me non è finita, – esordí Manrico.

– Sei ottimista, – disse Valentina.

No. Semmai è uno che tende pure a vede' piú nero che bianco, rifletté Deborah, che ormai si era autonominata interprete ufficiale del contino-pensiero. La verità è che è tignoso, e rosicone, come diciamo qua a Roma. Non vuole arrendersi. E mo' sentimo che se inventa.

– Abbiamo alcuni punti fermi in questa storia, – iniziò il Pm. – Uno, ufficialmente la morte di Veronica ha un colpevole e quella di Betty è un'overdose. Due, un pentito ci ha messo una pulce nell'orecchio: abbiamo accusato l'uomo sbagliato. Tre, due poliziotti, Luberti e Pampinella, si sono in qualche modo venuti a trovare sulla scena di entrambi i delitti. Quattro, Pampinella ha annunciato a Cianchetti rivelazioni, ma non è stato in grado di farle perché, cinque, qualcuno lo ha ammazzato. Sei, non sappiamo chi ha ammazzato Pampinella. Sette, abbiamo ragionevole certezza che Luberti ci abbia spiati. Otto, sulla scena del delitto è spuntato un Dna che non appartiene né a Ridorè, cioè all'accusato di allora, né a nessun altro dei protagonisti sinora noti di questa vicenda...

– Non per essere scortese, – s'inserí Orru, insolitamente ruvida, – ma non è che questo elenco sia di grande utilità...

Il clima non si era affatto rasserenato, pensò Manrico. Non ancora. Ma questo, in fondo, era un buon segno. Significava che neanche la squadra si era rassegnata alla sconfitta.

– A questi punti fermi, – riprese, – dobbiamo aggiungere una novità dell'ultima ora: la défaillance del Farina, che si è dimostrato, come a quest'ora l'Italia intera sa, un finto pentito. Un pentito manipolato. Perciò la vicenda si può leggere in questo modo: il pentito ci racconta una balla per rendersi credibile agli occhi di Blumenstein, o per altre sue ragioni. Pampinella, ridotto a un rottame umano, ha qualche informazione di non sappiamo che rilievo da vendere e si propone a Cianchetti, approfittando dell'interesse che l'ispettora ha manifestato per le morti di Veronica e Betty. Un disgraziato qualunque che ha rubato un furgone qualunque, forse ubriaco, casualmente lo investe. Non scopriremo mai chi è costui.

– È la mia idea, – disse, piano, Valentina, – vorrei chiudere l'indagine contro ignoti per l'omicidio stradale.

Manrico dovette rettificare la sua prima sensazione. Qualcuna si era rassegnata. Valentina era pronta a gettare la spugna. Ma sperava ancora di recuperarla. Aveva bisogno di lei.

– Luberti ha qualche motivo suo personale, che esula dal nostro contesto, per temere inchieste da parte nostra e ci spia. Oppure attribuiamo a Luberti attività che sono di altri.

– E il Dna dello sconosciuto? – Orru teneva le braccia conserte, in atteggiamento ostile e difensivo.

– Un cliente, ma non sapremo mai quale. Non sapremo nemmeno quando quella traccia mista dello sconosciuto e di Veronica è finita su quel divano. Una settimana prima? Due ore prima? Un mese prima? Il Dna, come è noto, non è databile.

– Quindi? – ancora Orru.

– Quindi... non esistono elementi per invalidare la versione ufficiale, archiviamo e ci mettiamo a lavorare su altro.

Seguí un breve silenzio. Vitale faceva segno di no. Orru sembrava sul punto di prendere a pugni il Pc. Valentina Poli aveva la smorfietta di chi pensa «non è giusto, ma che ci possiamo fare?»

– Un altro caffè? – propose timidamente Brunella, a cui l'aria conflittuale metteva ansia.

– Lei non ci crede, – Cianchetti alzò la voce di un tono, puntando l'indice contro Manrico, – altrimenti non c'avrebbe ammannito tutta 'sta pappardella...

– No, non ci credo, – confermò Manrico. E attese.

A Cianchetti montò il nervoso. Mo' il contino se ne stava come il gatto che c'aveva da bambina quando stava per combinarne una delle sue. Che sembrava addormito e invece stava preparando i muscoli per saltare, le unghie per attaccare. Il contino c'aveva qualcosa in serbo, ma voleva farsi pregare per tirarla fuori.

– E annamo! – sbottò l'ispettora.

Manrico, però, non stava recitando. Sapeva dove bisognava andare a parare, ma una strategia precisa su come risultare convincente ancora non l'aveva elaborata. Sarebbe stato molto piú semplice se avesse potuto raccontare come c'era arrivato. Però avrebbe dovuto parlare dell'opera che lo aveva ispirato, ed era conscio, per esperienza, che avrebbe rischiato l'accusa di follia: all'eccentrico ci si abitua, piú o meno, ma sulla salute mentale dei Pm si era già dibattuto troppo per aggiungere benzina sul fuoco.

– Mettiamola cosí... – si decise infine. – Perché fra tutti i casi possibili da riaprire er Farina ci ha indicato proprio la morte di Veronica? Avrebbe potuto dire: gira voce che Pasolini l'hanno ammazzato i servizi segreti... so cose su Moro che voi manco v'immaginate... Invece ti va a pescare una storia di dieci anni fa dimenticata e sepolta, perché?

– E l'ha detto lei prima, – gli ricordò Vitale, – per farsi bello, per...

– Cazzo, ho capito! – urlò Cianchetti.

– Ma che hai capito? Fa' finire il dottore, no? – insorse Orru.

– No, no, dica, Cianchetti, – l'autorizzò Manrico, sinceramente interessato.

– Allora, – attaccò Deborah, infervorata, – 'sto Farina è un pupazzo in mano a quei mafiosi, come se chiamano...

– Mancuso, – fece Orru, asciutta.

– Grazie. Lui accusa quelli che i Mancuso gli dicono di accusare. Quindi se attira la nostra attenzione su Veronica è perché vuole che riapriamo quel caso...

– E forse lo vuole solo sino a un certo punto, – Valentina Poli era entrata in sintonia. – A lui... cioè ai Mancuso che lo mandano... basta che si faccia l'indagine... Quindi rimette in moto Pampinella, Luberti, esce il Dna...

– I Mancuso lanciano un messaggio e usano noi come strumenti, 'sti bastardi, – sintetizzò Cianchetti.

Manrico annuí e riprese la parola.

– Sinora ci siamo concentrati su Veronica. Abbiamo pensato a un delitto passionale. Siamo arrivati a ipotizzare che Ridorè abbia pagato al posto di qualcun altro che si tiene coperto. E se invece... se invece il delitto fosse stato organizzato proprio per incastrare Ridorè?

– Insomma, – argomentò Valentina, – il messaggio del Farina, cioè dei Mancuso, sarebbe: attento, posso tirarti dentro in qualunque momento...

– Esatto, – concordò Manrico. – Quindi, se fino a ora ci siamo domandati che mondo gravitasse intorno a Veronica, quali fossero i suoi contatti, che cosa legasse il nostro ambiguo Luberti ai clienti della vittima e magari a Betty...

– Mo', – intervenne Deborah, – tocca rivoltà come un carzino il povero Ridorè.

– Proprio cosí. Che cosa legava Ridorè ai Mancuso? Esisteva un collegamento? Li ostacolava e lo hanno eliminato inscenando il delitto passionale? Hanno approfittato di un delitto commesso da altri? Hanno saputo qualcosa e vogliono usarlo adesso? Ridorè era un loro uomo ed è stato punito per uno sgarbo? Scordiamoci Veronica, in altri termini. E andiamo sino in fondo! Lo faremo tutti insieme, voi e io. La squadra. Riguarderemo ogni singolo dettaglio. La storia criminale dei Mancuso, le loro proprietà, i loro affari con l'Italia, la storia di Luberti, la storia di Ridorè... Il colonnello era inserito nelle commissioni per la cooperazione. Grandi interessi privati. Soldi veri. Studiamo quelle carte. Magari esce qualcosa di utile...

A Cianchetti brillavano gli occhi. Si ricominciava. Si ripartiva. Magari non si sarebbe approdati da nessuna parte. Ma quella era battaglia, quella era vita, per la miseria! E mentre Manrico assegnava i compiti, senza farsi notare si calò un'altra cassatina. Deliziosa.

XXIX.

Manrico riascoltava per l'ennesima volta *Lulu*. Possibile che si fosse sbagliato? Il sabato era arrivato in un baleno. La squadra si era divisa il lavoro, il contino non aveva dubbi che anche nel week-end tutte avrebbero continuato a lavorare come ossesse. Lui stesso guardava e riguardava carte, note, appunti, precedenti. Con quello che aveva appreso negli ultimi giorni avrebbe potuto scrivere un trattato sugli ultimi venticinque anni della mafia italo-canadese. Ma niente, niente. Aveva declinato l'invito di Stella Dubois: un fine settimana nella campagna toscana in un resort di lusso. No, ho troppo lavoro, grazie. Stella telefonava due volte al giorno, in orari variabili. Si era decisamente autoattribuita una relazione della quale, però, non avevano mai parlato. A Manrico piaceva trascorrere del tempo con lei. Ma non provava nei suoi confronti quel trasporto che ti fa dimenticare tutto il resto. L'aveva mai, del resto, davvero provato quel trasporto, anche quando era ragazzo? Comunque, al momento, ogni suo spazio mentale era occupato dal caso Ridorè. Possibile che si fosse tanto sbagliato? Possibile che l'opera l'avesse tradito cosí clamorosamente?

Per scrivere la sua *Lulu*, Alban Berg si era ispirato al dittico di Frank Wedekind, *Lo spirito della terra* e *Il vaso di Pandora*. Lo spirito della terra è Lulu, l'eterno femminino incarnato nel serpente che, nel prologo dell'opera, il domatore mostra al pubblico. Ma è un femminino perverso, mortale, demoniaco: «creata per diffondere sventura, per sedurre, adescare, avvelenare, per assassinare senza farsi accorgere»... Ecco. Veronica era stata la loro Lulu. Avevano creduto che tutto gravitasse intorno a lei. Capace di accendere passioni e poi di calpestarle. Vero, almeno in parte, il ritratto: Lulu prostituta, Lulu ai confini della malavita, Lulu in vendita fra indifferenza e disperazione. La presenza della Handycam: avevano pensato tutti a una ricattatrice. Sembrava combaciare con quanto gli aveva raccontato «suo cugino», il nobile D'Armont. Era stato lui a rivelare a Manrico di essere stato pronto al suicidio pur di farsi amare da Veronica. Poi tutto si era risolto con un taglietto innocuo. In Wedekind, e nell'opera di Berg, colei che piú di ogni altro ama Lulu è la Geschwitz: «No, se oggi mi vedesse distesa nel mio sangue, non piangerebbe una lagrima... cosa sarà piú freddo, l'acqua del fiume o il suo cuore?» Perciò Manrico aveva pensato, tutti avevano pensato: chi non può averti, Lulu, ti uccide, perché ferito dal tuo freddo pianto. Oppure offeso dal ricatto. Ridorè, dunque, o un altro spasimante ignoto. Ma tutto questo risultava dissonante con er Farina, con Luberti, con Pampinella... E soprattutto col regista Mari. Era stato lui a rivelare: le proposi di filmare di nascosto i clienti, si oppose. Veronica era migliore di come ce l'eravamo costruita, rifletté Manrico. Migliore di come chi l'ha uccisa ce l'ha fatta apparire. Perché chi uccide Lulu, in definitiva, è Jack lo Squartatore, sí, proprio lui, il primo e piú famoso serial killer della storia. Wedekind, e chiunque si muovesse come lui nella Mitteleuropa di quegli anni, era abbastanza pazzo da metterlo in scena armato di coltellaccio, con una battuta feroce di congedo: «Che razza di lavoro!» E cosí Manrico si era convinto che la morte di

Veronica non c'entrasse un bel niente con la passione. Jack lo Squartatore non era capace di provarla. Chi aveva ucciso Lulu/Veronica non aveva commesso un delitto passionale. La passione era stata usata come alibi per occultare l'interesse. Questo gli dicevano la mente e il cuore. I fatti sembravano dargli torto.

Squillò il telefono. Erano Cianchetti e Poli.

La Pm e l'ispettora lo raggiunsero a palazzo Van Winckel poco prima di mezzanotte. Cianchetti finse di tapparsi le orecchie. Il finale del primo atto di *Lulu* non era certo fra le pagine piú commestibili della lirica novecentesca. Manrico ridusse il volume ai minimi termini.

– Secondo noi, dotto', il caso è risolto!

Camillo aveva servito salumi, formaggi e qualche tartina. Lo sguardo piuttosto perplesso di Cianchetti indusse Manrico a proporre una classica spaghettata. La poliziotta sembrava piú... a Manrico non veniva in mente l'aggettivo... rotonda gli pareva eccessivo. Di sicuro meno puntuta, però.

Deborah si fece indicare il bagno e per qualche minuto Manrico si ritrovò accanto a Valentina, praticamente *cheek to cheek* davanti a un faldone con le pagine di rilievo evidenziate da post-it gialli e celesti. Ci fu un istante, un solo istante, in cui i loro occhi si persero gli uni negli altri. Un fugace pensiero attraversò la mente di Manrico. Non la desidero, si disse. Non l'ho mai desiderata. Che sia troppo giovane? Che mi stia stancando di questo eterno valzer di donne intorno? O forse sono solo consapevole di non aver suscitato io, in lei, quell'interesse? Cianchetti, che era tornata, si soffermò a osservarli con una certa impazienza: se ve dovete bacia', che poi il rimorchio sarebbe la specialità del contino, dateve 'na mossa. Sennò, ci sono cose piú importanti all'ordine del giorno. E quando finalmente le belle statuine si sciolsero – non era successo niente, a ogni buon conto – prese la parola e raccontò la storia a modo suo. Valentina integrava i passaggi tecnici piú complessi. E Manrico, ammirato, stava a sentire.

Tutto, ma proprio tutto, filava liscio.

La tenacia di Cianchetti e l'abilità di Valentina Poli nella lettura dei bilanci; l'acribia informatica di Orru che aveva disseppellito migliaia di informazioni dagli angoli piú nascosti del web; il maniacale senso dell'ordine di Vitale e la dolce attitudine di Brunella a smussare i contrasti avevano partorito una sorta di miracolo.

Il suo contributo? Un'opera lirica alla quale non avrebbe nemmeno potuto accennare e una guantiera di dolci siciliani. Ah, e l'insistenza, naturalmente. La volontà di andare avanti quando non ci credeva nessuno, a partire da Cianchetti...

Ma non aveva importanza.

Il caso era risolto.

C'era solo un piccolo problema.

– Non riusciremo a provarlo.

– Ma che dice, dotto'! È tutto cosí chiaro!

– Ci vorrebbe una confessione, – sospirò il Pm.

– Quella non è gente che confessa, Manrico, – disse, cupa, Valentina.

Il rischio c'era. Succede, a volte, quando ci sono di mezzo tanto potere, tanti agganci, ottime protezioni. Ma non è sempre detto. Ah, conoscere la verità e non poterla affermare. Una condizione frustrante. Ma non un valido motivo per arrendersi. Ce l'avrebbero messa tutta, di questo erano certi.

– Sta bene, – concluse il magistrato. – Mi prendo domani per preparare una richiesta di misura cautelare. Mi diranno di no, però un tentativo devo farlo...

Mah, pensò Deborah, forse il contino non c'ha tutti i torti. A volte la verità, porella, proprio da sola non gliela fa. Tocca daje 'na mano. È a questo che servono quelle come te, ispettora Cianchetti.

XXX.

La telefonata sorprese Manrico sotto la doccia. Non erano ancora le otto del mattino. Terminò di lavarsi, si frizionò energicamente i capelli, indossò l'accappatoio. Fuori dal gabbiotto lo attendeva Camillo, cellulare alla mano.

– Non ha smesso di suonare un solo istante, signor contino.

Manrico afferrò l'apparecchio.

– So' Cianchetti.

– Lo so.

– Fra un'ora arrivo in ufficio.

– Non è una novità.

– Me faccia parla', per favore. Arrivo co' Luberti e il suo avvocato.

– Luberti? Quel Luberti?

– E chi sennò?

– E che viene a fare?

– Confessa.

Manrico pensò a uno scherzo. Oltretutto, dato l'orario, di cattivo gusto.

– Cianchetti, non sono in vena.

– È la pura verità, dottore.

– Ma che cosa è successo?

– Questo glielo spiego dopo. La cosa importante è che qualunque cosa questo tipo dice, se fa riferimento a me, lei abbozza.

– Io?

– Lei abbozza, abbozza, che non lo sa' che significa abbozzare, a Roma?

E che non lo sapeva? Abbozzare: sopportare con pazienza, fare finta di niente. Tollerare. Lasciar andare. Non opporsi. Una volta Bruno, il macellaio amico suo, gli aveva pure raccontato l'origine di quello storico modo di dire romanesco: Vedi, Richè, gli aveva detto, mostrandogli una specie di bruco che al mercato se ne stava aggrappato a un robusto stecco di cardo, vedi lui, 'sto coso, se ne sta nel suo bozzolo dove nisuno lo disturba. E per questo se dice «abbozza», cioè stattene chiuso al sicuro nel tuo bozzolo…

– Va bene, – concesse, – abbozzo, ma poi lei mi spiega…

Luberti aveva nominato come difensore l'avvocato Perini. Strano. Non un principe del Foro, ma nemmeno un mozzaorecchie. Un professionista dignitoso, piuttosto incline ad assecondare il cliente. Era forse per questo motivo che Luberti lo aveva scelto. L'ex poliziotto indossava una giacca color antracite con foulard variopinto che spuntava dal taschino, camicia bianca, cravatta rossa con animaletti, scarpe di cuoio nero con lacci. Cianchetti verbalizzava. Luberti si era opposto a ogni altra presenza.

– Il mio assistito è qui oggi per rendere le piú ampie dichiarazioni sulle vicende che lo vedono coinvolto, – esordí l'avvocato. Poi si chinò verso Spinori e gli sussurrò una richiesta: prima di essere assunto a verbale, Luberti voleva fare lui una domanda.

– Se sono in grado di rispondere, volentieri, – acconsentí il magistrato.

Luberti sorrise. La somiglianza con il topo era realmente impressionante. La domanda era:

– Quanto sa di questa storia, dottore?

Cianchetti tossicchiò. Dalla sua scrivania, e data la sua statura, era a livello di sguardi di Manrico. Il Pm capí che aveva scelto la postazione proprio per poter comunicare con lui. Deborah fece un evidente cenno d'assenso. Sperò di aver capito e rispose:

– Tutto, Luberti. Sappiamo tutto.

Il che, peraltro, era la verità. Salvo alcuni dettagli, però questo non era il caso di riferirlo. Cianchetti si rilassò. Risposta esatta.

– Ma senza le mie dichiarazioni, non potreste dimostrare niente, – aggiunse Luberti.

– Senza le dichiarazioni del mio assistito, – intervenne l'avvocato, – e le prove materiali che ci riserviamo di esibire al termine dell'interrogatorio. Spero vivamente che ne terrete conto quando si discuterà di misure cautelari.

Cianchetti annuí. Manrico comprese che lei e Luberti, in modi che gli sfuggivano, e per ragioni che non riusciva a comprendere, avevano come stipulato una sorta di accordo. La cosa lo irritò. Si sentí escluso. Ma la posta in palio era alta, dopo tutto. Poteva darsi che il gioco valesse la candela. «Abbozzare» era il termine piú che mai adatto alle circostanze.

– La situazione sarà vagliata al momento opportuno, – rispose, e subito dopo aggiunse: – Va da sé che ogni contributo all'accertamento della verità sarà tenuto nella debita rilevanza... e ora possiamo cominciare?

– Prego, – concesse l'avvocato, – il dottor Luberti risponderà a tutte le domande.

– Potremmo cominciare dal ritrovamento del cadavere della transessuale Veronica, – propose Manrico.

– Potremmo cominciare da molto prima, – replicò Luberti.

– E precisamente?

– Da un piccolo paese di cinquemila anime...

Luberti ne fece il nome. Era il luogo d'origine suo e dell'altro protagonista della vicenda. La circostanza era emersa durante le ultime, accanite ricerche. Piú che emergere, era stata presa in considerazione solo allora: uno di quei dettagli che fanno la storia, ma che tutti ignorano troppo a lungo.

– È da lí che veniamo io e Walter Giulioni. Ci conosciamo da sempre. Siamo arrivati a Roma insieme e abbiamo preso strade diverse, ma non abbiamo mai smesso di restare in contatto. Lui ha fatto studi commerciali, finanza, è molto bravo coi conti. Io sono entrato in polizia perché dovevo pur mantenermi agli studi. Lei capisce, la vita è cosí costosa nella grande città...

– Mi parli del fondo Maple.

– Ah, vedo che siete davvero bene informati... be', c'è poco da dire. Maple è un fondo speculativo che ha origini in Canada. *Maple*, come lei sa, significa «acero», l'albero che ne è il simbolo nazionale.

– I Mancuso controllano il fondo, – puntualizzò Manrico.

– Esatto.

Cianchetti si agitò sulla sedia. Il linguaggio del corpo significava: e fallo parlare, fatti un attimo da parte, sta qua per confessare, le cose che sappiamo le sappiamo, ma lui ci serve, a conti', e datte 'na calmata!

– Vada avanti, – lo esortò Manrico.

– Bene. Giulioni aveva la necessità di far girare questi soldi, e di farli fruttare, soprattutto. Nel frattempo, io stavo acquistando una certa competenza nel ramo informatico... lei mi capisce...

– Intende dire che aveva accesso a informazioni a cui non avrebbe dovuto?

– A questa domanda può avvalersi della facoltà di non rispondere, – lo informò l'avvocato.

Luberti fece spallucce.

– Ma no, parlo, parlo. Devo scrollarmi di dosso un'accusa di omicidio, dopo tutto... questa benedetta questione del Dna...

Campanello d'allarme nello sgranare d'occhi di Deborah. Con il Dna Luberti non c'entrava un accidente. Che diavolo aveva combinato Cianchetti? Abbozzare, Manrico, abbozzare...

– Sí, – riprese Luberti, – raccoglievo informazioni per Giulioni. Tengo a precisare che all'epoca non sapevo niente dei reali affari che si celavano dietro il fondo Maple. Walter chiedeva notizie e io gliele procuravo. Cosí lui riusciva a mettere le mani su... realtà imprenditoriali che potevano risultare utili dal punto di vista sia degli investimenti sia dei disinvestimenti...

– Società da valorizzare o da far fallire.

– Esatto.

– Quand'è che la vostra strada e quella di Ridorè si incrociano?

– Ah, be', comincia tutto con Raffaello. Maple, cioè i Mancuso, hanno interesse a entrare nel consorzio. Maple non è lo strumento adatto. Occorre una società edilizia. E Giulioni ne compra una. Una vera, questa volta, sana...

– Avrà speso un bel mucchio di quattrini.

– Non direi. Diciamo anzi che l'acquistò per un tozzo di pane. Sa, a un certo punto cominciarono a girare voci sui proprietari e gli amministratori... ammanchi, e anche peggio... finirono nel mirino della Finanza...

– Scommetto che un certo poliziotto che stava acquisendo competenze informatiche non fu estraneo alla compravendita...

– La rete, – sorrise Luberti, – è un libro aperto per chi sa leggerlo. Lei stesso, dottor Spinori, come si è procurato tante informazioni se non studiando flussi di dati, aggregandoli e scomponendoli, interpretandoli... è quello che facciamo tutti, in questo settore. C'è chi dispone di mezzi maggiori e magari diventa manager di una multinazionale, o presidente, o dittatore, e chi crea una società chiamata GiuWa, da Giulioni Walter, per entrare nel consorzio che in quel momento era interessato a certi progetti nell'Africa equatoriale... Ridorè era un consulente molto ascoltato...

– Ma Ridorè non ci sentiva.

– No. Ridorè non ci sentiva. Lui e Giulioni non si presero bene. Walter si presentò con un'offerta e quello, il colonnello, lo cacciò a calci.

– Un'offerta di corruzione?

– Corruzione è una brutta parola, non dovrebbe essere spesa con tanta leggerezza. Ci sono altri modi per definire una transazione di affari in cui ciascuna delle parti ha da guadagnare. Siamo nel settore privato, dopo tutto.

Gli faceva pure la morale! Manrico davvero faticava a dominarsi.

– Ma è tipico di Walter, – riprese l'ex sbirro, – non sa valutare la natura umana. Lui pensava che Ridorè, come chiunque, avesse un prezzo. E invece si era imbattuto in un incorruttibile.

Ah, adesso la usi la parola. La usi perché puoi caricarla di tutto il disprezzo che provi... abbozzare, Manrico, abbozzare.

– E cosí si rivolse a lei, – disse.

– Sí. Mi chiese di cercare la macchia. E la macchia venne fuori.

– Veronica.

– Già. Incorruttibile, ma dai gusti sessuali quanto meno discutibili.

– Come faceste a scoprire questa relazione?

– Coi vecchi sistemi. Pedinando il colonnello.

– Quindi Giulioni ricattava Ridorè.

«G. sta diventando ossessivo»... G. come Giulioni.

– Non fece in tempo a farlo, – precisò Luberti, – ne aveva l'intenzione, ma non gli riuscí. Andò a casa di lei, o lui, come preferisce, da Veronica... il progetto era di organizzare una montatura. Ridorè e Veronica dovevano vedersi per uno dei loro incontri, ma questa volta ci sarebbe stata di mezzo la cocaina. Noi, voglio dire Pampinella e io, saremmo arrivati sul piú bello, li avremmo sorpresi sul fatto. Walter era disposto a pagare bene la trans. Anche cinque, seimila euro. Si era portato appresso una di quelle videocamere che si usavano allora. Veronica non avrebbe dovuto far altro che piazzarla da qualche parte, riprendere il loro incontro e poi, come le dicevo, al momento opportuno saremmo arrivati noi...

– Ma Veronica non accettò di prestarsi al gioco.

– No. Litigarono. Giulioni perse le staffe e lei morí. Quella sera mi telefonò, era disperato. Gli dissi di calmarsi. Lo raggiungemmo sul posto e cominciammo a pulire. Poi gli dissi di chiamare il 113 e di andarsene. Facemmo credere ai colleghi di aver preso l'allarme perché eravamo in zona, ma in realtà eravamo già sul posto, come le ho detto.

– Non avete pulito troppo a fondo, però.

– Lo stretto indispensabile. Non si deve esagerare.

– Lasciaste il sangue della vittima.

– Sarebbe stata una pura perdita di tempo. A noi serviva cancellare le tracce di Walter...

– Perché comporre il cadavere sul letto?

– È stata una mia idea, – ne sembrava addirittura orgoglioso, Luberti, – l'avevo presa da un manuale di criminologia. A me piace molto leggere, tenermi informato. Pensai che se aveste trovato il corpo cosí composto, avreste creduto al gesto di pietà di un innamorato. E in effetti...

Sí, era orgoglio professionale, senza dubbio. Manrico faceva sempre piú fatica a dominarsi.

– Il resto della storia piú o meno lo sapete, – concluse Luberti. – Ridorè è stato accusato, si è ammazzato, ovviamente è uscito dalla commissione e la società di Walter è entrata nel consorzio.

– Corrompendo chi, questa volta?

– Nessuno. Era una società sana.

– Se si eccettuano i capitali di partenza.

– Scusi, dottore, lei che fa questo mestiere... ma ha idea di quanta parte delle nostre economie è controllata, piú o meno direttamente, dalla malavita organizzata?

– Almeno la lezione potrebbe risparmiarmela, Luberti?

– Non le sto simpatico, eh? – ridacchiò lui. – Ma di me avete bisogno, eccome se ne avete...

Cianchetti tossí, questa volta piú forte. Manrico fece un altro sforzo per dominarsi. Abbozzare.

– Nessuno, comunque, – riprese Luberti, – era al corrente dei legami del fondo Maple coi mafiosi.

– Ridorè li avrebbe forse scoperti.

– Forse sí e forse no, era un ufficiale, una persona per bene, ma mica Sherlock Holmes... Comunque, se Walter fosse stato meno sbruffone, se avesse presentato una domanda regolare, con ogni probabilità sarebbe stata accolta, Ridorè non avrebbe sospettato di lui, e tutto sarebbe andato in modo diverso... curioso, no?

– Mi parli di Betty.

– Un anno dopo la morte di Veronica, Walter rilasciò un'intervista in televisione. Betty lo riconobbe. Lo aveva incrociato la sera in cui era morta Veronica. Mentre lui andava via da casa di lei, Betty arrivava. Poi si era accorta che noi eravamo in casa ed era scappata. Un anno dopo, come le dicevo, vede Walter, ricollega i fatti e gli chiede dei soldi.

– E lui manda voi...

– Siamo andati da lei con un bel po' di soldi e di droga. Quella Betty era un caso disperato. Si è fatta un buco sotto i nostri occhi e c'è rimasta secca. I soldi se li è tenuti Pampinella.

– Devo crederle?

Occhiata allarmata di Deborah. L'avvocato fece segno di no con la testa.

– Le ricordo, dottor Spinori, che in qualunque momento il mio cliente potrà interrompere questo interrogatorio...

Manrico allargò le braccia. Luberti sospirò.

– A questo punto non aveva piú senso che io rimanessi in polizia. Mi ero laureato e avevo altre ambizioni. Prima ho aperto questa società d'investigazioni... se avete controllato avrete trovato che, di fatto, l'ha pagata Walter... Poi sono entrato nel consorzio e se quel fottuto pentito non vi avesse messo una pulce nell'orecchio...

– Lei sa perché l'ha fatto?

– Lo sa anche lei, è una transazione a cui dovreste essere già risaliti.

– Mi piacerebbe sentirlo dalla sua viva voce.

– Il consorzio ha versato settecentomila dollari a Maple su un conto a Turks e Caicos.

– Profitti.

– Una restituzione. Un altro problema di Walter è che si è montato la testa. Non è prudente mettersi contro certi personaggi.

– Mi parli della morte di Pampinella.

– Un tragico incidente. Lui aveva minacciato di rivelare chissà che, ci siamo sentiti, gli ho offerto un posto di lavoro, ha accettato. Non si è presentato all'appuntamento con l'ispettora Cianchetti, un pazzo l'ha messo sotto. Fine della storia. Non avevo motivo di prendermela con lui.

– È stato lei a inocularci il trojan?

– Sí, e quella è stata la cazzata, – ammise. Per la prima volta si voltò e fissò negli occhi Deborah Cianchetti, che sostenne lo sguardo con fierezza.

– È tutto? – s'informò l'avvocato.

– Per il momento, – confermò Manrico.

L'avvocato fece scattare la serratura della ventiquattr'ore di pelle nera e porse a Manrico una chiavetta Usb.

– Il mio cliente mette a disposizione della giustizia materiali preziosi per l'inchiesta...

L'avvocato li elencò. C'erano registrazioni di conversazioni fra Walter Giulioni e i Mancuso. Atti di transazioni illecite esterovestite. Documenti su riciclaggio e autoriciclaggio. La scheda di memoria della vecchia Handycam.

– Quell'idiota di Walter aveva acceso l'apparecchio per mostrare alla tipa come funzionava. Si era dimenticato di spegnerlo. Cosí era stata ripresa l'intera scena. Le sto fornendo l'intero pacchetto, dottore.

Luberti aveva conservato copia di tutto ciò che poteva compromettere l'amico d'infanzia.

– Un'ultima cosa che vorrei fosse messa a verbale, – Luberti si schiarí la voce, – tengo a precisare alla SV che il Dna ritrovato sul luogo del decesso della transessuale nota come Veronica non appartiene a me ma a Giulioni Walter. Respingo il tentativo di attribuzione a mio carico di questa prova decisiva, da chiunque sia stato messo in opera, e chiedo immediatamente che vengano effettuate nuove analisi.

Manrico comprese finalmente che cosa aveva indotto Luberti alla confessione. Scoccò un'occhiata di fuoco a Cianchetti e lei, questa volta, abbassò lo sguardo.

XXXI.

Ed io, bestia solenne, per meglio assicurare il matrimonio, io portai via la scala del balcone. Cosí canta don Bartolo nel finale del *Barbiere*: sottraendo la scala, reclude gli amanti, precludendo loro la via di fuga, ma mal gliene incoglie, poiché cosí facendo sortisce l'effetto opposto, quello di accelerare le nozze. Nota dunque beffardo Figaro: *Ecco che fa un'Inutil Precauzione*. Analogamente, Sergio Luberti si era concesso «l'inutil precauzione» di spiare gli inquirenti. Cianchetti si era tenuta il cellulare col trojan, e al momento opportuno si era fatta intercettare mentre raccontava un'autentica balla: che, cioè, era stato rinvenuto un Dna misto del sangue di Veronica e dello stesso Luberti.

Se non fossero bastate le analisi, c'erano le riprese della videocamera. Dopo la colluttazione e la caduta fatale di Veronica, mostravano un affranto Giulioni che si accasciava sul divano del saloncino. Era allora che doveva aver rilasciato quella piccola macchiolina con il proprio Dna mescolato a quello della vittima. Pampinella, incaricato della pulizia, se l'era lasciata sfuggire. Comunque, Cianchetti aveva teso una trappola e Luberti c'era cascato. Non ci fossero stati di mezzo dei morti, e una certa idea di giustizia, Manrico avrebbe persino apprezzato il risvolto comico della faccenda.

Deborah Cianchetti non aveva ammesso niente, quando Manrico l'aveva interrogata.

– Lei ha usato il saltafosso.

– Come dice, dottore?

– Il saltafosso. Quel vecchio trucco che consiste nel far credere a un sospetto che il complice ha parlato.

– Lo so benissimo che cos'è un saltafosso. Non ho usato niente del genere.

– E allora come spiega questa improvvisa confessione di Luberti?

– Una crisi di coscienza?

– Cianchetti!

– Guardi che se Luberti non parlava, quelli la facevano franca tutti e due.

– È una confessione estorta.

– Ma quando mai, dottore! Estorsione è quando meni e minacci. Io non ho fatto niente di tutto questo. Lei, immagino, nemmeno... Quello si è presentato spontaneamente, e mica è colpa mia se ha preso fischi pe' fiaschi.

– E come si spiega il riferimento al Dna di Luberti?

– Dovrebbe chiederlo a lui. D'altronde, l'analisi lo scagiona, quindi... gliel'ho detto, ha preso fischi pe' fiaschi... e poi, insomma! Gli ho fatto un favore a Luberti. Vedrà che se la caverà con il minimo indispensabile.

Per il momento se ne stava agli arresti domiciliari per associazione mafiosa, spaccio di droga, riciclaggio, frode processuale. Manrico lo aveva anche incriminato per gli omicidi di Betty e di Pampinella. Per questi due reati, però, il quadro indiziario era stato ritenuto insufficiente dal Gip, che aveva rifiutato la misura cautelare. Quanto a Giulioni, era a Rebibbia con accuse belle pesanti, a partire dall'omicidio di Veronica. L'inchiesta aveva destato un notevole clamore. Erano stati incriminati anche i Mancuso. Er Farina mandava segnali di ri-pentimento, pronto anche lui, forse, ad accusare i suoi ex datori di lavoro.

Era uscito qualche articolo astioso sui rapporti fra Gaspare Melchiorre e Giulioni. Ma siccome Giulioni, sino a ieri imprenditore insospettabile, aveva rapporti con mezza Italia, Manrico era certo che il procuratore ne sarebbe uscito indenne. Lui avrebbe testimoniato in suo favore. Ridorè era stato completamente riabilitato. Lediosca aveva telefonato a Manrico.

– La figlia ti ringrazia, Marcello.

– La prossima volta che decide di dare il mio numero di telefono a qualcuno, me lo chieda prima, per favore.

– Ma era a fin di bene, dottore!

Ecco. Quello che non era riuscito a far accettare a Deborah Cianchetti, durante l'ultimo, burrascoso colloquio, era proprio che questo «fin di bene» gli creava un serio dilemma morale. D'accordo. Della fantomatica dichiarazione dell'ispettora sul Dna non c'era traccia, e di sicuro nessuno aveva interesse a che emergesse: non Deborah, per ovvi motivi, e nemmeno Luberti, perché piú rilevante era considerato il suo contributo alle indagini e meno pena avrebbe scontato. Manrico si era anche chiesto: se scrivessi nero su bianco «gli hanno teso una trappola», come farei a provarlo? «A fin di bene, a fin di bene». Mormorava fra sé e sé queste parole, mentre preparava la sacca per i due giorni di ferie arretrate dei quali stava per godere, quando fu sorpreso da sua madre.

– A fin di bene che cosa, figlio?

– Oh... niente. Sarebbe troppo lungo da spiegare.

Lo sguardo di Elena si accese di un sorriso dolcissimo.

– Mi ricordo quando eri piccolo e dovevi prendere una medicina amara. Ti mettevo un po' di miele intorno all'orlo del bicchiere e tu bevevi.

– Perché mi fidavo di te.

– Piú che altro perché se quel che serve è l'amaro, per

farlo andar giú va coperto con un po' di dolce. A fin di bene.

– A fin di bene.

– E guarda che la citazione viene dal *De Rerum Natura* di Lucrezio... divertiti Manrico, e chissà, magari questa è quella giusta...

La «questa» in oggetto era Stella Dubois. Tuta nera e casco integrale, già la moto rombava sotto il portone. Lei lo aiutò a inserire la sacca in uno dei vani portabagagli. Anche questo aveva accettato di fare, passati i cinquanta: via Giulia-resort maremmano in moto. Con casco. Ma Stella aveva insistito tanto. Stella era molto insistente. Manrico si era detto che avrebbe approfittato dell'occasione per chiarire un po' le cose. Non stavano insieme. Non ancora. Forse. Il cellulare vibrò, decise di non rispondere. Lo fece alla piccola stazione di servizio sull'Aurelia dove si fermarono per un caffè e la benzina. Era un messaggio di Maria Giulia: «Prossima settimana a Roma. Libero?»

– Notizie importanti?

Stella era apparsa alle sue spalle.

– Niente di serio, – rispose, intascando l'apparecchio. Ebbe la sensazione che lei non fosse convinta della risposta. Ma magari era solo una sensazione.

In quello stesso momento Deborah Cianchetti finiva la sua seconda bomba fritta alla crema. Nelle ultime due settimane aveva messo su due chili. La fame non accennava a passare e a volte si sentiva improvvisamente stanca e inspiegabilmente triste. In borsa, il test di gravidanza sembrava pulsare come un aggressivo segnale d'allarme.

Questo libro è stampato su carta contenente fibre certificate FSC®
e con fibre provenienti da altre fonti controllate.

FSC
www.fsc.org
MISTO
Carta da fonti gestite
in maniera responsabile
FSC® C115118

Stampato per conto della Casa editrice Einaudi
presso ELCOGRAF S.p.A. - Stabilimento di Cles (Tn)
nel mese di giugno 2021

C.L. 24941

Edizione							Anno			
1	2	3	4	5	6	7	2021	2022	2023	2024